U0933016

4天后，我爱了16年的姑娘就要结婚了

我的前任是极品 + 陈沐溪

〔作品〕

长江出版传媒
长江文艺出版社

新出图证（鄂）字 03 号
图书在版编目（C I P ）数据

4天后，我爱了16年的姑娘就要结婚了 / 陈沐溪原著；
我的前任是极品改编. -- 武汉：长江文艺出版社，
2015.11

ISBN 978-7-5354-8459-8

Ⅰ. ①4… Ⅱ. ①陈… ②我… Ⅲ. ①长篇小说－中国
－当代 Ⅳ. ①I247.5

中国版本图书馆CIP数据核字(2015)第243693号

总 策 划：俞根勇　　监　　制：俞根勇
产品经理：张璞玉　　责任编辑：吴　双　张璞玉
营销编辑：李广娇　　装帧设计：@_叁囍
插图摄影：红少爷　双　二　　责任校对：张璞玉
责任印制：张　涛

出版：長江出版傳媒｜长江文艺出版社
地址：武汉市雄楚大街 268 号　　邮编：430070
发行：长江文艺出版社
　　　北京时代华语图书股份有限公司　（电话：010-83670231）
http：//www.cjlap.com
印刷：北京中科印刷有限公司

开本：880毫米 ×1230 毫米　1/32　　印张：8.25
版次：2015 年 11 月第 1 版　　2015 年 11 月第 1 次印刷
字数：100千字

定价：36.80 元

目 录

CONTENTS

楔　子

你知道吗？她要结婚了

都说情场失意，赌场得意。后来我时常会想，果然凡事都有其预兆。

收到赵倩倩的短信那天，我的手气忒好，几乎是常胜将军，赢得其他三家叫苦不迭，口上不停嚷嚷着要散场，手上却又偏偏不死心地在摸牌。

就在我赢得钱包都快装不下的时候，手机突然响了，没有备注姓名，号码却有些熟悉。点进去一看，只有五个字——

“她要结婚了。”

谁？谁要结婚了？

我没心没肺地扑哧一笑，对面输得上衣都抵押了的牌友挑了挑眉，哂笑道：“杨哥，谁的信息啊，那么开心？”

“陌生号码。估计是发错了，要不就是骗子，专坑人回复详谈的。这年头骗子横行，让人省不了心。”我摆了摆手，正要将手机搁到一旁，短信音又响起了。

还是那个号码，这次还是五个字：“我是赵倩倩。”

呵，赵倩倩。

赵倩倩是何许人也？这人与我算是有莫大的关系，她是我的前女友，也是我的第一任女朋友，但最重要的是，她是陈阳的闺密。

我的心“咚”地一沉，嘴角的笑容有些僵硬。斟酌了许久，我才回复了一句话：“她是谁？”

其实我们都心里有数，这个要结婚的“她”到底是谁。只是我不愿意去想、不想承认，而她也不愿意去提起罢了。

作为牌桌上的大赢家，我顶着牌友们怨念的目光，被迫请大伙到楼下的大排档吃夜宵。几个大男人围在一桌，免不了是要喝酒的。他们大概是输得狠了，对我心生怨念，一个劲儿地灌我酒。

我亦是来者不拒，心头又热又疼，我以为能够用酒精去麻痹那处伤口，却不料那竟是一团火，反倒酒到愁肠愁更愁。

最终，我被彻底放倒了。正如我的情路，我的人生，彻底宣告失败了。

那天夜里，我以为我会梦见陈阳，但现实往往是残酷的，我不仅什么都没梦见，反而是宿醉引起的头痛一遍又一遍地提醒着我即将要面对的事实。

我打开了关机状态的手机，短信提醒处，静静地躺着一封未读短信，等待我去打开。

我深深地吸了口气，才敢将视线落在屏幕上。

“杨杰，你又想逃避？装傻也没有用的，我就直接告诉你吧——陈阳要结婚了！婚礼定在2月9日。她给我发了请柬，我知道她不可能给你发的。”

头很痛，像被炮弹轰过似的，痛得我直抽气。我的眼泪，大概是因为太痛了，才会忍不住流下来的，嗯，一定就是因为太痛了……

第一卷

就这么好奇，
就这么懵懂，
就这么快乐的童年

那时，时光寂静，流年朴素。七岁的陈阳扎着双马尾辫，穿着白底花裙子，在童年的矮墙下对我笑靥如花。

Level 1

覆水难收

这天正好是周末，不用上班。父母不在，我独自在家里当了一个上午的游魂野鬼，直到肚子饿得不行、咕咕乱叫了，我才有气无力地爬到洗手间漱洗。

镜子中的男人，憔悴不堪。我起了自暴自弃的念头，匆匆刷了牙，用水拍了拍脸，胡茬也懒得刮了，套了件兜帽外套，穿着拖鞋便下了楼买饭。

我想我这副模样的确挺让人难以接受的。楼下快餐店的阿姨，平日都会偷偷往我的饭盒里多夹一块鸡腿，可今天不仅没鸡腿，连一块肉也很难找到了。

全是青菜的午饭，嚼之无味。

我心情欠佳地回到房间，将手机扔在床上，像鸵鸟那样一头扎进了被子里。头还是有些痛，我想我大概感冒了，要不然怎么连呼吸都困难起来了呢？

好好睡一觉，一切都会好起来的吧！只可惜，我在床上辗转反侧了很久，却怎么也睡不着。

满心满脑都是陈阳的身影，整间房也好像囚禁着我和她相关记忆的牢笼。

她用过的杯子、坐过的椅子、枕过的枕头、浇过水的仙人球、摸过的手办、看过的书籍、分享过的光盘磁带、我和她的合影、她的独照、她送我的加菲猫和轻松熊、给我织的围巾买的手套、我给她变魔术的道具、给她叠了多年的心……

一切的一切都使我无法装聋作哑，掩耳盗铃。

我和陈阳相识了十六年，也爱了十六年。时光冉冉，我并没有像别人说的那样，恋久了会像左手摸右手那样失去感觉。非要认同的话，那就是她早已成了我生命中不可分割的一部分。

谁能接受得了把自己的生命割下一部分献给别人呢？陈阳要结婚的消息，无疑是一把利刃，强行断掉我的四肢，使我成为一个残疾人。

“我也喜欢你。”

“我会像唐僧取经、悟空收集龙珠、柯南寻找真相一样找到你。”

“他是我哥们，我最好的哥们。”

“杨杰你要恭喜我呀，我找到真爱了。”

“这世界没有谁离不了谁，可能你现在接受不了，等过段时间，你就会觉得你跟我其实更适合做朋友。”

“我们从现在开始不要再见面了好吗？我们从现在开始就当作陌生

人。我们删了对方的电话、QQ、人人、微博……不要再联系了好吗?我们分别去过各自的生活好吗?求你。”

…………

陈阳。我知道她不可能跟我在一起，也知道她终究会嫁给别人，但这一刻真正到来的时候，我还是难过得不能自已。曾经的我，还是低估了她对我的影响力。

陈阳要结婚了，要和一个我不认识的人结婚了。

那个人长什么样?是高是矮是胖是瘦?她爱他吗?他爱她吗?她的婚礼会是什么样子?在哪个地方举行?中式还是西式?隆重还是简单?

一个个问题在我的脑海中乍现，而这些，明明都已经与我无关。

犹记得她很喜欢西式婚礼，穿着白婚纱，捧着花，听神父念着:“XX先生，你愿意娶XX小姐为妻吗?无论贫穷或富有，健康或疾病，顺境或逆境，你愿意终生和她相伴，不离不弃，爱她，珍惜她，尊重她，照顾她，忠诚于她，直到天长地久吗?”

她曾经跟我说，如果她结婚，一定要这样举行婚礼。我几乎可以看到，她穿着白婚纱，听神父念着结婚誓词，一脸幸福地对新郎说“我愿意”的样子。

“自作孽不可活。”我对自己说。

如果我没有犯下那些幼稚的错误，没有那么懦弱，像一个真正的男子汉那样懂得拒绝、懂得追求，那么成为她的丈夫、站在她面前听她说

“我愿意”的人也许就会是我吧。

可惜，这世界没有如果，现实世界也永远不存在假设。

我突然很羡慕二次元，因为开了挂的主角尽管历经坎坷但最终还是能得到自己想要的。我更羡慕大雄，因为他有哆啦 A 梦有时光机——而我什么都没有，我活在现实之中，无法回到过去，无法改变犯下的那些错误，更无法改变她要嫁给别人了的事实。

一月二十四日，对我而言，是个暗无天日、看不见未来的日子。

Level 2

同桌的你

认识陈阳的时候，我七岁，和其他同龄小朋友一样，从幼儿园大班升到小学一年级。

我是个性格内向温和又有点古怪的孩子。开学第一天，老师安排了座位后，除了上厕所，我一直在位置上神游太虚。

其他小朋友叽叽喳喳地嬉闹，我却如局外人一般，翻着新发下来的课本无所事事。也不是没有尝试过让自己变得主动些，和其他小朋友一起玩，但一鼓作气地站起来后，却又缺乏再上前一步的勇气。

大概这就是命运吧！陈阳就是在这个时候，像个外星人一般，闯进了我孤单的世界的。

她背着书包，在我右边坐了下来，用手指戳了戳我胳膊肘，自报家门："你好，我叫陈阳，陈是陈佩斯的陈，阳是太阳的阳。因为我出生在有太阳的早上，所以叫这个名字。"

我被她突如其来的热情吓了一跳，愣了好一会儿，才开始疑惑地打量起眼前的小女孩来。

七岁的陈阳，毋庸置疑是十分可爱的。双马尾辫，白底花裙子，大眼睛，花瓣似的嘴，小圆脸胖嘟嘟，粉雕玉琢似的。

美的事物，总让人不由地生出一股亲切感。但毕竟是初次见面，我有点紧张，酝酿了一阵，才敢怯怯地对她说："我叫杨杰，杨树的杨，杰出的杰。"

她托着腮想了一阵儿，大眼睛闪烁着好奇的光："我不会写'杨'字，你能告诉我怎么写吗？"

"嗯。"我轻轻应了一声，从文具盒里拿出铅笔，一笔一画地在本子上写下自己的名，"左边一个树木的木，右边一横一折再一横一竖一勾然后两个撇……"

"谢谢。"她盯着"杨"字比画了一会儿，忽然眯着眼睛，拍了拍胸口，神气地说："杨杰，从今天起你就是我的同桌了，所以你什么都得听我的。"

我没能理解这话里的逻辑关系，但在我的世界里，只要乖乖听话就能得到夸奖乃至奖赏，所以虽然我心中不解，但还是顺从地点了点头。

然后，她满意地笑了。

因为换牙的缘故，她的门牙少了一颗，却毫不影响她笑起来的可爱程度——真的像极了晨阳。

"陈阳。"

我将她的名字牢记在心里，然后从书包里翻出一颗自己都舍不得吃的大白兔奶糖，递给了她。

我是个很容易忘事的人，比如中午吃了什么、刚看过的电影情节，转眼就不记得了。可是直到今天，我都能清楚地记得她满意的笑脸和因肢体晃动而晃动的双马尾辫。

Level 3

离别的试炼

手机又响了，我收回漂泊的思绪，回到现实之中。

我重新拿起手机一看，又是赵倩倩的号码。我边犹豫着到底要不要把她的号码存下，边打开她的短信。她说："杨杰，我们加个微信号吧？"

分开了这么久，我不知道赵倩倩的心里是不是还有些记恨我，反正刚一添加好友成功，她就给我发来了一张图片，正是陈阳的婚礼请柬。

饶过我吧！

我默默地叹了口气，可她再次穷追不舍："杨杰，你想要去吗？如果你想去，就和我一起去吧。"

去？还是不去？我纠结了起来。

我想陈阳之所以不告诉我、不给我发请柬是怕我打扰她吧。她放不下心中的芥蒂，在幸福面前，选择将我遗忘——或者，她已经放下了，只是出于“好意”，不想我难过？可是，从旁人之口得到有关她的消息，我只会更难过。

我想见陈阳，想劝她打消嫁给别人的念头，抑或是帅气地将她从婚礼上拉走。但现在的我更害怕自己是在唱独角戏，害怕遭到她的拒绝。

我已经不是“我”了。曾经的我虽然没勇气告白，却会想方设法地和她在一起。她也不是她了，曾经的她任性，有着超强占有欲——

犹记得小学三年级。

因为新学期新换的班主任要调座位的关系，同桌两年的我们不能再同桌了。座次安排完以后，她当着全班同学的面“哇”地哭了起来。她说：“我不要换座，我要和杨杰一桌。”

两年的相处，我们不仅是同桌，还是最好的朋友。我们一起写作业，一起玩耍，一起分享零食漫画以及游戏卡。我们形影不离乃至神同步，以至于很多人以为我们是孪生兄妹。

我们都觉得跟对方的相处和睦且愉快，尤其是她，对我简直到了依赖的程度，平时一看到我和别的女生说话，就会毫无理由地鼓起腮帮追着我打。所以当老师将别的女生分配给我做同桌的时候，一时不知该如何是好的她做出了这般的反抗。

所有人哄堂大笑。新来的班主任也笑了：“陈阳同学很勇敢呢，大家不要笑话她。”

结果班上的同学笑得更厉害了。

前后左右、几乎所有人都在盯着我俩看。因为尴尬，我从脸颊烧到耳后根。我试图去拽她的衣袖，示意她这样很丢脸。但看到她淌着泪依旧倔强的眼睛，我顿时丧失了制止的勇气。

我索性把心一横，弱弱地举起了手，小声附和她的话："老师，我也想和陈阳同桌。"

老师笑了，如愿以偿地让她继续和我同桌，甚至一直到六年级也不曾分开。

那时的小孩子，已经通过电视剧等等的途径，懵懂地知道男女之间存在的微妙关系。处在恋爱启蒙期的孩子，最爱捕风捉影，一点小事都会夸大许多倍。因此，从那天起，陈阳有了个外号——"杨杰的小媳妇儿"。

我俩没在一起的时候，男生们总爱调皮地开我们的玩笑："你媳妇儿 / 老公去哪儿了？"要是在一起，更会起哄问："什么时候结婚啊？""有没有喜糖吃啊？"

陈阳很讨厌这些。每次听到别人调侃，都会追着打过去，众人立马作鸟兽散，教室里一时间人仰马翻、笑声朗朗。

我曾对她说只要她不和我同桌，别人就不会这样叫了。未料，她只是歪着头朝我做了个鬼脸，说："虽然被这样叫很讨厌，但是跟你同桌感觉很好啊，所以走自己的路让他们说去吧！"

她真是个自信有主见的女汉子。也正因如此，我才会格外欣赏她、喜欢她。

时光冉冉，很快我们就要小学毕业了。我们学校是某大学的附属，除小学外还有初中和高中。

某天放学，在回家的路上，陈阳突然拉住了我的手，问："杨杰你打算去哪个初中？"

夕阳绚烂，照在脸上暖暖的，我们的影子在夕阳的照射下拉得很长。我和她一人一个小布丁，快乐又惬意。

我一边吃一边满不在乎地回答道："去哪儿很重要吗？"

年幼的我对上初中实在没什么概念。非要讲的话，就是离家远不远、饭好不好吃、零花钱会涨多少。新的世界新的未来等着我去探索，我对这些的兴趣远超过相处六年的感情面临分离而产生的感伤。

听到我的话，陈阳睁大了眼睛，惊讶又认真地注视着我："怎么不重要？"

起初，我以为陈阳是在为分离而伤怀，正寻思着该如何安慰她，她却已经变了脸，莫名地笑了起来，那笑容大大的，几乎占据了整张脸。她撇了撇嘴，说："和你去同一个初中的话，我就能省下一张同学录了。"

那时候还是2G手机的天下，BB机市场没落，QQ开始流行，尽管现在看来十分简陋，却并非每个人都有，所以最常用的便是写同学录。用一个漂亮的本子贴上照片，记下同学的个人信息、住址及联系电话，写下祝福的话语，幼稚而纯真。

突然之间，我觉得我的世界里如果没有了她，就像这世界没有了太阳一样。我心里抵触着和她的分别，却故作轻松笑着说："那还不简单？

你去哪里，我就去哪里。”

陈阳笑得更开心了：“嗯，我们初中还要在一起。”

陈阳说因为成绩好，她要直升到附属初中。说着说着，她忽然跳到我面前，举起手臂倒退着欢呼：“杨杰加油！你这么聪明，努力一定能考上的！”

她声音很大，引来路人的围观。因为不好意思，她又俏皮地吐了吐舌头。

可能是受到她的感染，我也变得有勇气了起来。路口分手的时候，我朝她做了个耍帅的动作，同样大声地嚷嚷：“初中见！”

其实她不知道，我爸妈早给我安排好了另一所初中，一所比附中更好的初中。回到家，我向父母提出要上附中。父母果断不同意，因为他们已经托了人送了礼了。

我在家中撒泼耍赖，躺在地上不停打滚，一遍又一遍地重复着“我要上附中”这句话。我威胁父母，“不让我去我就不上学”“离家出走”“到街上当小混混”。发现无论怎样劝都不管用后，我爸终于恼了，一把拽起我，狠狠打了我半小时屁股。

我大声哭号，固执己见，连邻居都来劝我爸算了。最后，父母拿我实在没办法，只能满足我的愿望。

就这样，我和她上了同一所初中。

第二卷

暗恋拉长了思念

爱情短暂，友谊长存。青春短暂，暗恋永恒。我害怕转瞬即逝，追求永远不变的东西。但什么是永远，什么能不变？

Level 4

她的初恋

我决定收拾房间，抹掉陈阳留下的痕迹。

所有物什一一装箱，这些带着美好回忆的东西总是不经意戳中我的泪点。尤其是翻出老狼那盒《同桌的你》磁带的时候，我瞬间泪流满面。

上学时候，《同桌的你》这首歌非常流行。年幼的我们迷恋着老狼沧桑磁性的嗓音，一遍又一遍没心没肺地唱着："谁娶了多愁善感的你 / 谁安慰爱哭的你 / 谁把你的长发盘起 / 谁给你做的嫁衣……"

陈阳格外喜欢这歌，经常边听边唱。她有个淡绿色带锁的笔记本，偶尔抄抄歌词，写写日记。她从不介意给我看，对我而言，她是没有秘密的。

那是初一时候。学校将小学直升的学生分到最好的四个班，因此我们还是同班，更幸运的是，我们再度成了同桌。

有天午休，陈阳枕着手臂趴在桌上，一面与我共享一副耳机听歌，一面在笔记本上信手涂鸦。她画了维尼熊，画了凯蒂猫，画了小兔子，画了云和花朵，然后又百无聊赖地写我的名字。小小的字向上倾斜着，秀气而整齐。

灿烂的阳光透过拂动的树叶落在陈阳的脸上。她眉眼间洋溢着青春明媚的气息，圆润的脸，头发有些乱，却更显娇憨。我望着她，心情惬意，微起波澜。

“你为什么老写我的名字？”我抢过她的笔记本，指着上面的字，好奇地问她。不知何时起，写我的名字成了陈阳的喜好。这暧昧的举动对年幼的我而言却是有些莫名其妙的，我甚至觉得还不如画些猫狗好玩。

陈阳抿嘴一笑，眼带狡黠：“我听说经常写一个人名字的话，他就会长高。”

很长时间，我比陈阳矮一点，这成了她炫耀的资本。其实想想，她不过是为了掩盖本意，瞎胡扯而已。

她的本意是什么？细想一下我有点心酸。但当时的我龃龉于表象，不服气地说：“你才需要长高！”

她反问我：“难道你不需要吗？”

我被问住了，无言以对。我正寻思着该怎么反驳，却见她突然停下笔，一副欲言又止的表情。

“杨杰。”

“嗯？”

“我要告诉你一个秘密。”

“什么秘密？”我好奇地支起耳朵，向她又靠近了一些。

陈阳脸颊泛起了羞涩的红晕：“我喜欢上了一个人。”

女生就是比男生早熟。父母老师的警告让我对早恋的人充满鄙夷，但内心深处又有一丝期待。为了掩饰这份期待，我特意用讥讽的语气说：“你喜欢上谁了？咱们班就数我最帅了，难不成你这兔子要吃窝边草了？”

她把脸深深地埋在手臂的夹缝里，半天才抬起头，一脸幸福的样子：“我喜欢上初二三班的梁博学长了。”

我呼吸一窒，忽然有点喘不过气。

内心深处，我对这个名唤梁博的男生产生出深深的排斥感。都说女生一旦有了喜欢的人，就会有自己的小秘密，我觉得梁博就是破坏我跟陈阳关系的三八线，他的存在一定会让她偷偷地远离我。

后来我才明白这种感觉叫嫉妒。

陈阳滔滔不绝地谈论着她的梁博学长，把他夸得天花乱坠，天上有地下无。她说他们是在校电视台认识的，梁博是主持人，长得比柏原崇还要帅，声线也很动听，她第一眼就喜欢上他了。

梁博很温柔，给她端水递纸巾；梁博很幽默，把她逗得很开心；梁博，梁博……

我实在很佩服我自己，明明讨厌得很，却还是挤出一丝笑来，但我可以肯定这笑比哭还难看：“那你就去追啊！”

她再一次把脸埋在了手臂的夹缝里，叹了口气：“我不敢啊！”

我不知道自己哪来那么大的气，忍不住揪起了她的小辫子，骂道：

“你个小废物。”

因为痛，陈阳“啊”地叫了一声，并顺势狠狠地打了我一下：“你干吗？”

上学的时候，每个老师都是武林高手，使得一手弹指神通。一截粉笔头猝然不及地砸在我的脑门上，吓得我心中一凛，赶紧坐好。余光瞥见陈阳，那丫头正在幸灾乐祸地抿着嘴憋笑！

数学老师用黑板擦擦着黑板，眼镜片上折射出令人不寒而栗的光泽：“都上课了，你们两个还趴在桌子上就算了，居然还闹了起来——都给我出去罚站！”

陈阳与我面面相觑了一阵，最终也只得无奈地吐了吐舌头，灰头土脸地一起走出了教室。

我们两个并排靠着墙在门口站着。站了不到两分钟，陈阳又冒出了鬼点子，突然捅了捅我的胳膊，一双大眼睛闪闪发亮地说：“走，我带你去见见梁博，让你看看他长什么样子。”

好奇心战胜了排斥感，我跟着陈阳来到了梁博班级门口。

我们学校每个班级后门上都有很大的玻璃窗，透过玻璃窗，我看到了坐在最后一排的梁博。

梁博个子很高，当时虽然还只是初中，但目测至少已有一米七五。他跟陈阳平时看的言情小说中描述的男主角差不多，白衬衫牛仔裤，眉目很清爽。

“衣冠禽兽。”我脑中下意识地冒出了这个词。

梁博忽然偏过头看到了我们，准确地说，是看到了陈阳。

他冲陈阳笑了一下，露出白而齐的牙齿。我以为陈阳会回之以微笑，但并没有，她一手捂着嘴一手拉着我，狂风一样飞快地跑回了我们的教室门口。

我的心怦怦跳着，而她亦是满脸通红。我顺了顺气，才问她："怎么？你怕被班主任发现我们不在吗？"

她放下手，露出花痴的笑容，两眼放光："不不不，我是看到他的笑……整个人都快要融化了。"顿了顿，她又说："我猜他一定是阿波罗在人间的化身，不然怎么可能露出这么爽朗灿烂迷人的笑呢?！"

这真的是一个十四岁的小姑娘说出来的话吗？

我搓了搓手臂，都起鸡皮疙瘩了。为了将她的恋情扼杀在摇篮里，我说了句特别㞞的话："你要是敢早恋，我就告诉你妈！"

陈阳最终没有和梁博在一起。

她是好孩子，或者说她对梁博的感情只是流于表面，浅尝辄止。

梁博亦不是专情的人，外表的优势加上成绩的优异，让他像现实中的贾宝玉一样招蜂引蝶，光初中就谈了很多次恋爱，换了好几个女朋友了。加上他比我们大一届，上高中以后便没再和陈阳联系了。

不过，我总有点耿耿于怀。过了很久，我问陈阳还记得梁博吗？她说早忘记了——但为什么我看她后来交的每一任男朋友，都有梁博的影子呢？

直到很多年后，我才知道，其实他们像的人不是梁博，而是我，她的每一任男友都有我的影子，甚至连梁博，也只是长得像我罢了。

然而，当我发现这点的时候，我们已经再也回不到从前了。

Level 5

中考趣谈

初一初二稍纵即逝，转眼到了初三。

不知不觉，陈阳已经从一个天真烂漫的小姑娘长成曼妙的少女了。

虽然她仍像从前那般活泼阳光，却也矜持稳重了许多，不再像以前那样在男生面前肆无忌惮地玩闹，知道害羞了，懂得矜持了。但我是个例外，在我面前，她还是那副无所顾忌的模样，丝毫没有改变。这让我，莫名地生起了几分优越感。

这个年纪的不少人开始情窦初开，有些甚至懂了男女之事。我也不例外，爱情的种子在我的心中悄然萌芽。但我身处重点学校的重点班，又是中考关头，繁重的课业和接二连三的测试，压得人喘不过气来，根本没时间胡思乱想。

老师说中考和高考都是按比例录取的。也就是说，名额是一定的，学习差的会被优秀的人挤下去。

各方压力下，学生们开始有了竞争意识。每天吃饭不再是慢悠悠而是狼吞虎咽，有的人走路都在看书或背单词，教室中的问答声此起彼伏，做错题的悔悟声也时常响起。很多人热心肠地“关心”着别人的成绩。除了极个别的，那些上课偷看小说的人也开始收敛，将剥了皮的课本重新归位。

李叔同那首《送别》也成了每日必备。每天不是我们班就是别的班开课前总要唱上一遍。那种五音不全、节奏散乱的大合唱回想起来真是可笑又令人怀念。

那段时间是我和陈阳相处最多的一段时间。除了洗澡上厕所以及晚上睡觉，我们几乎无时无刻都在一起。我们像其他人那样讨论试题，交流学习经验，说些鼓励彼此的话。

初中三年，我已经从成绩中流跨入了学霸行列。因为成绩比她的好，我常辅导她功课。我很喜欢做这事。

即将到来的分别使得眼前的每一次交集都弥足珍贵，每一次对我而言都像庄严的仪式。

看陈阳做功课是很有趣的事。若题简单，她便会惬意地哼歌，转笔，玩头发，转椅子。若题难了，她通常会冥思苦想一阵，解出来便笑逐颜开，解不出则抓耳挠腮，鼓着腮帮抠桌子抠橡皮，像只暴躁的猫。

但凡遇到这种情况，我就会“热心肠”地凑过去，调侃她：“来，哥告诉你怎么做。”

通常她会不服输地拒绝我：“一边儿去，你以为就你行啊？”然后独自一人冲锋陷阵。

有时候，题真被她破解了，她就会得意地向我炫耀：“杨杰，我聪明吧？”有时实在做不出来，她便会纠结一阵，最后如战败的将军一般蔫蔫地对我说：“杨杰，这题我做不出来。”

我瞬间有种智商上的优越感，笑话她：“你不是说你很聪明吗？”见她耷拉着脑袋不搭理我，我这才像钓到鱼的姜太公似的，开心又故作镇定地问她：“哪道？”

她拿笔在纸上一指，我心情愉悦地凑过去为她解惑释疑。

她困惑，她好奇，她纠结，她开心，她的一颦一笑都被我尽收眼底。心中的悸动在一沓沓课题的遮掩下游走前行，我就像贪婪的饕餮，恨不得将她的一切塞进脑中。

忽然想起件趣事。

陈阳数学不好，但语文比我优秀。有次摸底考试，我和她打赌，如果我的语文分数比她的高，她就要为我做件事，反之，我为她做事。

我计划着要是赢过了她，就向她提议一起考一高，只要考上一高就试着交往。为了说出这句话，我比以前更加努力。

为了提高语文成绩又不落下其他课程，我开始缩短睡眠时间。每晚起早贪黑，连上厕所都在看作文书琢磨写作技巧。

好不容易熬到了考试当日。因为摸底考是学校自发举行的，我们连位置都没变，只是将桌椅拉开点距离。

第一场正好考语文。我坐在她右边，等卷子一传过来便低下头认真地开始答题。我写得正入神，忽然听到她“咳、咳”地咳起来。那时候老师正好从外面回来，咳嗽没两声便消停下来，我以为她嗓子不舒服就没理会。

过了十多分钟，老师前脚出了教室，她后脚又咳嗽起来。出于对她的关心，我扭脸去看她。

她不咳了，冲我眯眼一笑，一边捏起卷子一角指着其中一题，一边冲我做口型：“求解。”

我朝她翻了个白眼，不打算搭理她。

她装可怜，死乞白赖：“告诉我嘛。”

我分明记得和她的赌约，再次翻白眼：“想得美。”我低头继续做题，她不依不饶地低声唤我：“杨杰，杨杰。”

没有声带的震颤，她的声音极其弱小，但我还是听得一清二楚。我故意装没听到，但因为她喊我的关系，注意力根本不能集中。我无奈地瞅了她一眼。

她扁着嘴巴巴地看着我，眼神跟我家猫要饭时一个样儿。我几乎要心软，但还是摇了摇头：“你还是老老实实凭实力考吧。”

若在平时，我早就把卷子双手奉上递给她抄了。但现在的我太想跟她告白，我不想因为她的赖皮导致赌约作废。我一定要赢。

“哼。”她冲我做了个鬼脸，头缩回去重新做题。

没多久，我感受到她眼睛瞥来的余光。我对这光芒实在太熟悉了，熟悉到不用看都知道这是什么时候从什么地方射过来的。

一抬头，果然见她探着脖子往我试卷上瞄。我鄙视地盯了她两秒，果断地左手支头挡住卷子。

陈阳一脸做贼心虚的表情，但见抄卷子无望，忍不住低声骂道：“小气。”

我不禁好笑，但就是忍着不给她抄。试卷做完，我开始检查卷子。安静的教室里，她用气流发出的微弱声隐隐传来：“BDBBC……ACDDB……”

我本能地被吸引过去，折过卷子，跟她对着答案。发现有个常识性的问题她居然做错了，有点强迫症的我仿佛受到精神污染。我想一道题不算抄，纠结来纠结去，干脆敲桌子引来她的注意，然后脱口而出：“C啊！笨！”

“你才笨呢！”陈阳瞪了我一眼，忙低头检查，发现确实做错了，朝我咧了咧嘴，“三克油。”

傻样儿！虽然我鄙视她的狗腿，但不可否认，我的心底此时此刻是甜滋滋的。

成绩出来后，我比她低了两分。

本来我是有机会赢的，但因为那道题，我输了。当陈阳说她赢了我，要我做一件事的时候，我十分不服气：“不行，你作弊！”

陈阳趴在卷子上，一脸无赖地转着笔：“你自愿的，我又没逼你。”

我叫嚣：“不公平！”

她朝我吐舌头："这世界不公平的事多了去了，当初你跟我打赌的时候可没说不准作弊。"

我反驳："我也没说可以作弊。"

她强调："愿赌服输，做人不可以这么耍赖。"

我说："明明是你在耍赖好吗？"

"我就是耍赖能怎么样？难道你要学我？"她得意地笑了起来，那笑容混合着洒落的阳光，顽皮又灿烂。看得我恨不得把全世界双手捧到她的面前——就算赢的人是我也没关系。

我就像任她宰割的小羊羔，大义凛然地说："有什么要求就提吧！我这人比你有节操多了。"

"这可是你说的，千万别后悔。"

陈阳盯着我一个劲地嘿嘿笑，笑得我忍不住吐槽："真猥琐。"

纯净明朗的是她，狡黠厚脸皮的也是她。这就是我喜欢的陈阳，多面多彩，跟她在一起生活永远不枯燥。

"你会为此付出代价的。"陈阳满不在乎地冲我做鬼脸。基于对她的了解，说真的，我还真有点担心。

陈阳提出三个选择。第一，扮鬼吓唬巡夜的校长；第二，跟父母说我是女生并录下来；第三，向迎面走来的第十一个人告白，无论男女老幼是美是丑。

我想了想，选择了吓唬校长，虽然校长是个不苟言笑的严肃主儿。当时的我真是死脑筋，想不起学贞子戴假发，更想不起戴面具的把戏，竟然把床单剪了两个洞拿到学校。后来还是经陈阳的提醒才反应了过来。

晚自习后，我带着陈阳，披着床单躲在了办公楼后门旁种着的冬青树后。第一次做坏事，我有点心虚，但又觉得青春该留点刺激的回忆才不算枉费，因此又有点跃跃欲试。

陈阳一直怂恿我放弃，说吓唬校长不是闹着玩的，还不如去跟父母说我是女生。这就像在火坑和油锅之间做选择，我果断拒绝："我爸会打死我。"

"那去跟人告白。"

"那么重要的话，我只会跟喜欢的人说。"

"杨杰你有喜欢的人吗？"陈阳一脸好奇地看着我，那双眼睛又大又亮，眼瞳中映出小小的一个我。

昏暗环境中，我的五感敏锐了起来。陈阳身上的香气盖过了草木的味道扑鼻而来，感受到她的呼吸和体温，我心莫名慌乱起来，矢口否认："没有。"

"绝对有，你骗不了我。"陈阳追根问底，"快告诉我是谁？"

我没有吭声，只觉脸颊燥热："你好八卦！"

"我这是在关心你。"

"谢谢你关心，我不需要。"

陈阳晃着我胳膊，撒娇道："欧巴，不要这样嘛！快告诉我嘛！"

我只觉得头皮发麻："……好好说话，别动手动脚。"

我嘴上拒绝着，但心里却犹豫着要不要当即告诉她我的想法。大概是老天并不想遂了我的愿，我的话刚到嘴边，陈阳突然叫着跳了起来："老鼠！"

陈阳怕老鼠，似乎所有女生都怕三次元的老鼠。不过迎着暗淡的灯光，我分明看到是只癞蛤蟆在爬："明明是癞蛤蟆。"

"吓死我了。"陈阳抚着胸口，惊魂未定。

我嘲笑她是胆小鬼，一抬头却见校长隔着树站在我们面前。我的心差点被吓停了，拉起陈阳就跑。

"你们在干什么？"

校长在后面追，我们在前面跑。最终我们翻墙离开了学校，一路狂笑。不过第二天还是被校长逮住了，"请"进了他的办公室。

无论校长如何软硬兼施，我们就是不承认，加上成绩好，校长也就睁一只眼闭一只眼让我们蒙混过去了。

倒是我妈，有天无意间发现了那个被我剪坏的床单，气得河东狮吼，并整整扣了我一个星期的零花钱。

Level 6

无力的哭泣

未完的表白如浮光掠影，平平淡淡地过去了。我和陈阳更加努力地学习着。

像小学选择初中那样，又到了面临选择的时候。当时我们的附属高中在全市排名第二，第一是一高。虽然陈阳成绩一直在进步，但平时的贪玩让她的努力多少有点临时抱佛脚的意味。直升附高是没有问题的，但考一高就有点危险了。而我作为连续两年考试均是年级第一的尖子生，报考一高是完全没有问题的。

最后一次摸底成绩出来后开始填志愿。学生们分析着各所高中的情况，计划着上哪所高中，可以考上哪所高中。

当时中考填报志愿需要回家填一张模拟表格，第二天再到学校填正式的报考表格。模拟表格发下来的时候，陈阳咬着嘴唇，有点忧愁地问我：“杨杰你会不会丢下我去一高？”

一次中考就要割断我们九年的感情，想想真是残酷。可能长大了点，懂得了分别的意义，我比三年前更加排斥分别的感觉。

我咬了咬牙，暗暗下定了决心：“绝不，你去哪里我就去哪里。”

陈阳开心地笑了，一双眼睛流光溢彩，可说出的话却是口不对心：“其实你去一高我是不介意的，真的。我希望你将来能考个好大学，前程似锦。只要你别忘记我，还愿意跟我一起玩就行。”

语毕，她又趴在桌子上，神情有些沮丧：“哎，为什么我以前上课总偷懒呢？要是我的成绩好，我们就可以一起去了。”

听着她的话，我的心里很不是滋味。我摸着她的头发，希望能给予她安慰：“天下无不散之筵席，而且现在科技越来越发达了，想要保持联系并不是一件难事啊。”

她甩开了我的手，不满地哼哼了一声。我抿了抿唇，故作轻松地继续道：“况且，宁做鸡头不做凤尾，我虽然成绩优秀，但到了一高就不再是第一了，老师肯定把精力放在比我优秀的人身上——我这么聪明的人，是不会犯这种错误的。”

有时候我觉得我口才蛮好的，陈阳就这么被我说服了。她终于抬起头，轻轻捶了我的胸口一下，傲娇地撇了撇嘴：“你不就想让我夸你聪明吗？我今天就破例夸你一次好了。”她微微别过脸，“到了附高我一定努力学习，才不会拖你的后腿呢。”

她大约是有些害羞了，脸颊浮着一抹淡淡的红。

陈阳痛快地填了附高。我以“跟父母商量”为名，没有填。快到家的时候，我在志愿上填上了一高，第二天到学校又改成了和她一样的志愿，以达到瞒天过海的目的。

中考过后，陈阳以全市第一百三十二名的成绩直升本校高中，我则以全市第十九名的成绩成了她的校友。按理来说，这样的成绩，我们两个都是能够被一高录取的，但因为志愿填错，只能失之交臂。

收到录取通知书的那天，我爸抡起扫把打得我抱头鼠窜，整个暑假我都躲在外公外婆家不敢见他。

这是我为了陈阳第二次挨我爸的打。值不值得我说不清楚，我只是单纯地觉得又能和她在一起真好。

Level 7

不再同桌

到了高中，她学文我学理。不是我不想偷改成学文，实在是我爸妈已经对我失去信任了，他们决定亲自到教务处去。

教务处主任是个五十多岁的大伯。我们学校初高中分部不分校，因此我和陈阳常在校园里见到他，打过几次招呼。

大概看出我报考附高的原因，主任调侃我："小伙眼光不错。"不过主任也觉得我更适合学理，对我学文这事紧咬着不松口，所以我和陈阳没能再次分到一个班级。

"不能同班，同校也不错啊。"陈阳眯眼笑着，神采奕奕，"杨杰，大学我们还要在一起。"

"好。"我伸出小指，意气风发，"我们拉钩。"

那时的我们都还很单纯，总觉得人生尽在掌握之中，只要一直往前走就可以轻松到达目标。我安慰自己，不能同班没关系，将来还是可以上同一所大学，可以在一起一辈子的。

现在想来，真是单纯得可笑。

和很多人一样，上了高中后，我们都觉得自己已经变成大人了。青春期的躁动就像跃动的音符，或低沉迷茫，或狂烈喜悦。无论思想是否成熟，每个人都觉得自己特立独行，与众不同。

人们开始意识到性别的差别，在异性面前常变得束手束脚，拘谨不安；也有人有意无意地打扮着自己，如孔雀开屏一般意图吸引对方。

陈阳打了耳洞戴了耳钉，头发拉直染成了褐色，指甲涂上了指甲油，嘴巴涂上了唇彩，框架眼镜也换上隐形的了。她经常不穿校服裤子，取而代之的是紧身牛仔裤，凸显出好看的曲线。

她本身就是个漂亮姑娘，小学初中就有不少男生追求过她。到了高中，她的风头更甚，很多人一开学就注意到了她，学校那些无聊男生评选的高一年级十大级花里就有她。

经过打扮的陈阳越发惹眼，但这并不影响我们的友谊，我们还是经常待在一块。

不时有本班或外班的男生找到我打听我和她的关系，得知是普通朋友，便一脸笑地拜托我帮忙送花送情书。

每逢这种时候，我面上虽然没表现出来，但心中别提多郁闷。我知道自己这醋吃得有些离谱，也知道，无法将陈阳像珍宝一样收藏起来不给别人看，但我就是不甘心。然而最可恨的是，我竟然还没有勇气拒绝他们！

我不情愿地帮了忙，虚伪又做作。

第一次送的是折成“心”形的情书，陈阳抿着嘴一言不发地装进裤兜里。

第二次送的是巧克力，陈阳说杨杰你明知道我不喜欢巧克力你还送过来，给我退回去。

第三次，面对送来的玫瑰，陈阳索性懒得接了，一脸嫌弃地说："杨杰，你是跑腿的吗？我是不会喜欢上连直接告白都不敢的男生的！"

当时的我只觉得脸上火辣辣的，像被人打了一记耳光。我很想吼她一句："陈阳你能不能别打扮得这么花哨？很多人都在背后议论你。"但话到了唇边，却化作了无声的叹息。

良久，待我的情绪渐渐平复下来，我才说道："陈阳，咱别打扮得那么花哨了，好吗？"

现在回想往事，连我都忍不住唾弃自己，如果我能够勇敢一点，再勇敢一点，哎……

我们学校的人行道两边种着白杨树，枝繁叶茂的时候，整个天空都是绿的。但现在是秋天，树叶已经开始飘落，铅白的天空渐渐像谢了顶的中年大叔。

陈阳在路上习惯性地背着手倒退，抿着嘴眯着眼看着我，得意地仰着脖子："你觉得我漂亮吗？"何其自信，又何其明艳的姑娘啊！

我的脸突然热了起来，目光移向路边，不敢看她，支支吾吾："漂……漂亮。"

"那为什么我不能打扮得漂漂亮亮的呢？"陈阳转过身蹦蹦跳跳，满不在乎，"女为悦己者容，我才懒得理你，我就喜欢自己漂漂亮亮的。"

这丫头……

我被她反驳得哑口无言，索性自暴自弃了："反正你就是爱臭美！"

"你才臭美呢，你个睁眼瞎！"发现有被我还口的可能，陈阳急忙改口，"不对，你是嗅觉失灵外加有偏见。我浑身香喷喷的，怎么叫臭美?！"

陈阳炸毛的小模样十分有趣，看着她腮帮鼓鼓的，我心中的郁结也减轻了许多，下意识地吐槽她："自恋。"

我陪着她在校园里漫步。校园很大，但毕竟有尽头，我们转了一圈又一圈。

起风了，风将残叶再度吹落，有片飘到陈阳面前，她伸手捉住了它，回头问我："你说叶的离开是风的追求还是树的不挽留？"

因为没经历过坎坷，陈阳无法用伤感的语气说出伤感的话，听上去只是个简单的疑问句。我跟她瞎扯："是天气变冷了。"

陈阳没有理会我，半晌，像是想起了什么，郑重其事地叫了我一声："对了，杨杰。"

"嗯？"

她咬了咬嘴唇："以后你别再帮人送东西给我了，我现在想把心思放在学习上。"

咬嘴唇是陈阳内心焦虑不适的一种表现。看得出被很多人追求并没有让她感到快乐，反而造成了困扰。不要说我阴暗，任何人看到喜欢的人没有喜欢上别人，内心都是快乐的。但为什么我又有一丝悲凉？是无形中她把我也变相拒绝了吗？

我怅怅然地应道："好。"

Level 8

爱的光芒

高一对我而言，是印象深刻的一年。

从不与陈阳同桌的种种不习惯到习惯，略过不提。那年陈阳学会了溜冰，学会了织围巾，她送了我一条黑色的，我围着它和她一起熬夜看流星雨，虽然什么也没看到。

我学会了用口琴吹《卡农》，学了几个简单的魔术逗她开心，骑着自行车载着她逛遍城市的大街小巷玩好玩的吃好吃的，我还每天折一颗心放进玻璃罐，计划着等她做我的女朋友时送给她。

那年我和她先后有了自己的手机。我的是诺基亚，她的是摩托罗拉。以前的手机上通常有个孔，方便挂绳子或手机链。有了手机后，陈阳送了我个串着我的名字的手机链，正好和串着她的名字的凑成对。

当她快乐地哼着歌，歪着头要将手机链挂在我手机上的时候，我就像傻小子郭靖见到黄蓉那样，“只觉耀眼生花，不敢再看”。

“感觉像情侣。”我心里默默地想。

同样的款式，同样的颜色，写着各自的名字，一想到和她凑成对，我就忍不住想偷笑。

她推了我一下，笑话我：“一副傻样。”

“你才傻。”我几乎要说出口，不懂我的心，你不傻谁傻？其实我也傻，不懂得表达自己的心，直到后来才明白了她的心。

有了手机，我和陈阳联系起来就方便多了，想起什么便发短信或是打电话。

我们更多的是聊 QQ。那时的手机 QQ 功能还很简单，连传个图片都传不了，更别提语音视频传文件等功能，但对我们而言已经是很高科技的东西。

我们天南海北地聊，分享着书籍、音乐、课题、美食、趣事和烦恼，点点滴滴。虽然不能同班，但因为手机的关系，反而觉得联系更紧密了。

不得不说，陈阳是个爱使坏的丫头。经常聊着聊着突然发个冷笑话给我，害我在课堂上拼命憋笑。有时候实在忍不住就会大笑起来，惹得周围同学像看神经病人一样看我，而老师则在讲台上半开玩笑：“不要笑傻了啊，再笑就送你去三院了啊。”

我只好一脸不好意思地跟老师道歉：“对不起，老师。”

因为不在一个班，我又有了新同桌。

新同桌是个矮个儿圆脸的女生，齐耳蘑菇头，戴着一副小圆片眼镜，看上去温温柔柔的，名字也很温柔，叫李柔。

刚跟她同桌时，我还不太习惯，经常叫错她的名字，有时上课余光瞥到她，也会忍不住情绪低落一会儿。

女孩子的心思大多是细腻的，李柔很快察觉到了端倪。有天陈阳到教室找我，离开后李柔问我：“你是不是喜欢她？”

李柔轻而易举地道出了我的秘密，我只觉得心跳一窒，迟迟不知该如何回应，她抿唇笑了笑，一副“我什么都知道”的表情。

我担心她到处乱说，影响我和陈阳的关系，于是硬着头皮诡辩道：“我和她认识了九年，要是不喜欢早绝交了。”

李柔挑了挑眉没作声，仍旧是一副了然的表情。

我的脸忍不住热了起来，浑身不自在，只得弱弱地抗议：“你别乱说。”

李柔仿佛发现了破案关键的侦探，用犀利又得意的眼神盯着我：“我从不乱说话的，你看她的时候眼里有光，你骗不了我。”

“光？”我满腹疑惑。

“是，眼睛里有光。”李柔单手支头，这是陈阳跟我说话时常有的动作，我一下子就被吸引了。我听见李柔说：“那种光是恋人之间特有的，看到喜欢的人，眼睛里就会泛起光芒，好像天上的星星一样，视线一直被喜欢的人吸引着，挪也挪不开。嘴角也会条件反射地扬起，仿佛拥有全世界所有的快乐。”

虽然这话过分文艺，很有几分装范儿的味道，但细想又觉得很有道理：“你这都是从哪儿学来的？”

李柔嘻嘻一笑：“韩剧里都是这么演的啊！”

我晕。

转念一想，李柔能看出我喜欢陈阳，那陈阳呢？同是韩剧拥趸的她，难道就看不出我喜欢她吗？哦，对了，我已经快比陈阳高出一头了，她不抬头我不低头的话，她根本看不到我的反应的。

想让陈阳知道我喜欢她的心情强烈地涌动着，我无法安心，夜不能寐。我犹豫了好几天，最终决定付诸行动。

无论如何我都要试试，不管她知道后会有什么反应。但我不敢跟她明说，有些事只可意会不可言传，哪怕最终失败了，没有捅破那张窗户纸，起码给自己留了后路，我还是能和她继续做朋友的。

投其所好，我特意模仿韩星剪了个发型，还跟我妈撒娇让她给我买了件白衬衫。认真捯饬一番后，我找到了陈阳，满怀期待地问她：“你觉得我今天怎么样？”

陈阳打量了我一番，笑逐颜开：“吆西！帅小伙大大的！”

听她这么讲，我乐开了花，乘胜追击：“还有吗？”

“嗯……”陈阳盯着我看了一遍又一遍，“杨杰，你脸上要长青春痘了。”她好像发现了新大陆，激动地伸出手指，戳了戳我的脸，“来，我帮你挤！”

“不要谈青春痘。”我打掉她那只手，大概是语气不大好，有些凶巴巴的样子，陈阳看着我的眼神分外无辜。我顿时有点丧气了，却还是继续耐着性子继续引导，“你认真看，看我的眼睛。”

陈阳凑近了看我。她褐色的瞳孔就像干净的宝石，又像磁铁，我被深深地吸引着，不禁有些看呆了。

后来我才明白过来，自己忽略了一件事。人们经常无意识地忽略掉身边的很多细节，比如楼梯有几阶，玫瑰花有几瓣。和陈阳在一起近十年的我，眼神所表现出的爱意早和友谊混作一团，难以分辨。

“你眼角有屎。”她出其不意地说。

其实那时候，我应该注意到的。她的眼睛不自在地躲开了，语气也有点不自在。可我沉浸在自己情绪中，没有注意。当时的我只觉得自己的心像被人射了一剑，不是爱神丘比特而是大将李广。有点闷，有点疼，却说不出口。

我安慰自己，失败乃成功之母，第一次失败，第二次总能成功了吧？

我们上学那会，非常流行用数学题表达爱意的方式。最出名的两个是：$[(x+52.8)\times 5-3.9343]\div 0.5-10x$ 和 $128\sqrt{e980}$。

到了愚人节那天，我特意将“$[(x+52.8)\times 5-3.9343]\div 0.5-10x$”发给陈阳，让她随意选个数，算出结果。虽然手机避免了面对面的尴尬，愚人节可以在告白失败后告诉对方这只是个玩笑话，但我还是忐忑不安。

少年情怀也是诗。因为暗恋，我觉得自己特别有当诗人的天赋，甚至一度觉得自己将来没准会成为一个诗人。

我写过很多如今回想起来都会发窘的句子，比如：“我深爱着的姑娘 / 你可愿听我诉说衷肠 / 茉莉花比不过你的香 / 我对你朝思暮想 / 我澎湃的心就像海浪 / 你可愿浪花溅在你身上 / 随我一同天涯闯荡？”

再比如：“漫漫的等待 / 我的心就像在煮火锅 / 放料 / 点火 / 熬成一锅 / 这无限期待的时刻 / 这最接近幸福的时刻 / 姑娘啊，你要是答应了我 / 我就请你吃火锅。”

真是傻得冒泡，傻得可爱。

在焦急的等待中，陈阳很快回我了：“520.1314。”

我立马回她：“答对了。”

过了会儿，她又回：“我爱你一生一世？”

我不知道她的心情如何，但我激动得脸颊发热，手一直在抖。一个简单的“嗯”字，半天才点对，又犹豫了半天才回过去。

陈阳很久没回我。

常言道做贼心虚，但告白的人的心往往比做贼的还要虚。当时的我纯粹是个白痴，确切地说，我实在是太懦弱了，我根本没想过陈阳可能会像我一样激动得不知所措，反而觉得她是想拒绝却不好意思。

我有点失落，故作轻松地又回：“哈哈，你被我骗到了吧？愚人节快乐。”

编辑短信的过程中我收到一条短信，但我没有看而是继续回复。回完了，我才发现那条短信是陈阳的。

“我也喜欢你。”陈阳说。

我的短信已经发送出去了，想撤回却撤不了。就在我懊丧地想该怎么挽回的时候，陈阳的另一条短信紧跟着发过来：“我也是骗你的，愚人节快乐。”

那一瞬，我的心情失落到了谷底。我的脑中有两个小人在不停地斗争着，小人 A 说：“她会不会同样喜欢我？”但小人 B 很快做出了否决：“她和我一样是在开玩笑。”

两个小人大战了三百回合，最终小人 B 战胜了小人 A。

是的，她在跟我开玩笑。

人们总喜欢在愚人节里说真话，情人节里说假话。后来我才知道她和我一开始都没开玩笑，她是真的喜欢我，只是我们都用谎言掩盖了真心，骗了对方也伤了自己。

后来我常常会想，如果我后面回的是“晚上我们一起吃火锅吧”，而不是“哈哈，你被我骗到了吧？”或许我们已经在一起了吧。

事实上那天我确实请她吃了火锅，可惜我是以朋友的名义而不是情侣。

Level 9

我的报复

学生时代的我是那种在熟人面前有点贫、在生人面前却拘谨平和的类型，所以不太熟的人通常会认为我是包子性格，好欺负。但好在人缘不错，也没什么人欺负我。而陈阳却越发活泼开朗，有时甚至有点神经大条，大大咧咧的，跟男生相处时也不太避嫌。

这也导致闹出来许多乌龙。就像这天，一个出名的太妹被喜欢的男生拒绝了，那男生说他喜欢的人是陈阳。太妹不服气，大概是横行霸道惯了，不允许自己在爱情面前受挫，就联合她的狐朋狗友对陈阳进行人身攻击。

物以类聚人以群分，太妹的朋友自然是太妹。陈阳虽然自诩战斗能力不错，但遇到这种胡搅蛮缠的，根本吵不过。

但就算吵过了又如何呢？泼妇总觉得自己做什么都是天经地义的。太妹恼羞成怒，便扇了陈阳一巴掌。

事后陈阳忍不住发牢骚："那男生长什么样叫什么我都不清楚，居然说我勾引他，说我是骚货。天底下有除了你连别人的手都没拉过的骚货吗？像我这种学习好长得漂亮的女生应该叫梦中情人！喜欢我叫有追求懂不懂？自甘堕落好意思怪别人有追求?!居然往我身上泼脏水！”

这是我第一次听见陈阳飙脏话。虽然她气得眼都红了，但我心疼之余又觉好笑。我举着冰袋给她敷脸，她坐在沙发上乖巧得像只猫。

“下次遇到她赶紧跑，然后跟我说。”我手指触着她的脸颊，触着她的三千情丝，有那么一瞬间，我觉得自己一定要保护她，拼了命地保护她。

从那天起，我开始充当陈阳的护花使者，每天接送她上下学到家门口，一下课就去找她直到上课铃响了才离开。

我很喜欢这种被她需要的感觉。每当与她相处，看到她对我露出的灿烂笑容，我胸腔中总会冉冉升出一股幸福感。

“要是可以一直愉快相处下去，一辈子，她一辈子都属于我该多好。”我天真地想。

是福不是祸，是祸躲不过。

我们学校附近有条商业街。我和陈阳放学后总爱到街上闲逛，喝喝奶茶吃个汉堡抓抓娃娃打打游戏机，再到礼品店里看看有什么新鲜玩意儿。都说男生不喜欢逛街，但没人会拒绝快乐。和陈阳在一起的我很快乐，所以任何事都乐意奉陪。

那天，我和陈阳正打算前往常去的一家奶茶店，途中却遇到了那个太妹。那太妹一脸敌意地盯着陈阳恶狠狠地咒骂道：“骚货，到处勾搭男人，也不知道要勾搭几个才算够。”

我之前设想过遇到太妹时该怎么办，温柔点绕道走，霸气点推开她继续走。我天性温和，缺乏戾气，打架斗殴哪怕争吵对我而言都是不可思议的。

可是当真看到太妹本人对陈阳进行侮辱的时候，我的火气立马嗖嗖地往上蹿，只觉得必须跟她死磕到底。

我也不知道哪儿来的勇气，冲过去狠狠打了太妹一个耳光。别对我说男人不该打女人，以前我觉得太妹是被环境带坏了，还对她有点同情，如今我只觉得她这种人天生惹人嫌，怎么对待都不为过。

大概没料到我会打她吧，太妹被我扇倒在地，捂着脸愤怒地抛出多数人挨打后都会说的金句：“我妈都没打过我，你居然敢打我！”

“我不是你妈，我要是你妈一定打死你！”很快有人来围观，有几个是我们学校的学生，还有太妹的狐朋狗友。她们和太妹一样染着五颜六色的头发，看起来非常杀马特。

看到太妹脸上的指印比陈阳先前的还要红还要肿，且在众人面前丢人现眼，我瞬间有种报复成功的快感。

我蹲下来指着太妹的鼻子，咬牙切齿低声恐吓：“你去告诉你周围的那些人，以后谁敢骂她一句，我见一个打一个。”说完，我拉着站在一旁吓傻了的陈阳离开了。

太妹的朋友没有一个敢上前帮忙或阻拦，就这么任由我和陈阳扬长而去了。

回过神的陈阳数落我：“你怎么打人呢？你一打人不就和她一样了？”

这就是陈阳。善良无害，所以才会被人欺负，所以我才更要保护她。

我装作很镇定的样子，其实浑身都在抖：“她活该！”毕竟第一次打人，而且我听说太妹在外面认识了很多小混混，有点担心她会报复。

还好，可能是真的被震慑住了吧，太妹并没有报复我们。她本身名声不太好，年级的大多数人又是站在我这边的，所以这件事很快就过去了。

只不过学校里的人之前一直在传我跟她的绯闻，此事后更加确信了我和她在谈恋爱。本来我想，就这么一直误会下去也好。悠悠之口，没准成真。

可是事情并不如我所想的那般顺利，因为有一天吃午饭的时候，陈阳领来了一个女生。

第三卷

错的时间错的人

女朋友应该是你千方百计想把所有时间“浪费”在她身上的那个人，女朋友应该是她哭她笑都牵动你的情绪的那个人，可我的女朋友不是“那个人”。

Level 10

女朋友

之前我和陈阳一直是两个人一起吃午饭的。

每天下了课，我都会先她一步到学校食堂帮她打饭。打好后，我再把两盒饭放在常坐的位置上开始等她。这天与寻常一样，过了有十多分钟，陈阳出现了，唯一不同的是，她的身旁跟了一个女生。

因为和陈阳同行，我忍不住好奇地多看了那女生两眼。那女生文文静静秀秀气气的，在陈阳旁边很紧张地拉着她的手。

大概是注意到我的目光，她惊了一下，害羞地低下了头。

我有点莫名其妙。

陈阳拉她在我对面坐下，指着那女生很高兴地向我介绍："这是赵倩倩，我的同桌，也是我最好的朋友，你们认识一下吧。"

最好的朋友？难道在她心里，最好的朋友不应该是我吗？

听到陈阳的话，我有点失落，但意识到自己连一个女生的醋都要吃，又有点不好意思。

我装作不在意的样子，开始自我介绍：“你好，我……”

“不用再唧唧歪歪了，”陈阳打断我的话，“倩倩她知道，你的事我都跟她说了哦。”

自从李柔发现我喜欢陈阳，我也时常和她谈起陈阳，因此，我对陈阳把我的事告诉别人这事并不感到奇怪。只是我为什么突然特别难过？是因为我喜欢她，她却把我介绍给别人？还是我发现我们只是不在同一个班级里而已，却开始不了解她了？

我想起初一，陈阳突然跟我说她喜欢上梁博的事。虽然两件事风马牛不相及，但我还是害怕，我开始害怕她会有自己的生活，与我无关的生活。

我揣着心事和陈阳还有赵倩倩吃了午饭。饭桌上的我前所未有地沉默，面对说笑的她俩，我感觉自己就像被打入冷宫的宫娥，只闻新人笑不见旧人哭。

第二天，陈阳又带了赵倩倩来吃饭，第三天同样。这样的情况持续了一个多月。

每次吃饭的时候，陈阳都会嘻嘻哈哈地向赵倩倩讲述我的糗事，比如不看标志就进了女厕所，穿了不同款的鞋上学，买东西忘了已付钱结果又付了一次等等。

看着陈阳笑得前俯后仰、赵倩倩也捂着嘴一起笑的场面，我觉得刺眼又刺耳。我尴尬得不知道该说些什么，实在忍不住了就会吐槽陈阳：

“吃你的饭吧，哪儿来那么多废话！”

我觉得陈阳没那么在乎我了。她和赵倩倩趣味相投，有着说不完的话，笑不完的事，虽然大部分是关于我的。相对而言，我的话就成了干扰，成了泼凉水。

“真讨嫌！”见我说她，陈阳通常会朝我做个鬼脸，然后继续和赵倩倩说笑。

我总觉得事情没那么简单。

虽然我做好了赵倩倩在我和陈阳之间插一脚的心理准备，也准备接受了，但总觉得陈阳不只是介绍个新朋友给我认识那么简单，她一定有别的目的。

果然，一个月后的一个周六，陈阳跑到我家来。她家离我家很近，走路也就十五分钟的距离，所以脚上还穿着拖鞋。

她娴熟地搬过椅子坐在我旁边，陪我打游戏。我们当时玩的游戏叫《魂斗罗》，红白机游戏的经典之作。

打着打着，陈阳突然问我：“你对倩倩有感觉吗？”

我心里咯噔了一下，稍一出神，角色中弹瞬间被 KO 掉了。我故意转移话题，责备她：“看你，把我的人弄死了！”

“这个不好玩，我们玩超级玛丽。”陈阳按着游戏手柄按键，调出《超级马里奥》的界面。她一面直视着电脑屏幕，一面按键选关，“你对倩倩有什么感觉？”她的眼睛反射着屏幕的光，亮亮的，秋水一般。

我继续装糊涂："什么什么感觉？"其实我隐隐已经知道她要说的是什么，可我就是不想承认，更不愿意面对。

她勾着我的肩膀，笑道："别装傻了，你老大不小的，也该谈恋爱了。"

这种感觉就像大龄未婚青年被七大姑八大姨逼婚一样。我不爽地别过脸："你自己都没恋爱呢，还急上我的事儿了。真八婆。"

她打了我一拳："倩倩是真的喜欢你，她喜欢你快一年了。"

我揉着胸口，不耐烦地说："这和我有什么关系？"

我明白了，彻底明白了。原来她是媒婆上身，要给我介绍女朋友，原来她是不想我喜欢她而已。

"她喜欢你！"陈阳提高嗓门，很严肃地问我，"你究竟要不要和她在一起？"

前方有金币在等着马里奥，还有食人花和会咬人的乌龟。因为迷茫，马里奥站在入口动也不动，他想后退却无法后退，唯有硬着头皮前进。

我忽然觉得自己的处境和马里奥好像。答应还是不答应？这真的是个问题。

陈阳锲而不舍："你倒是考虑一下究竟要不要和她在一起啊！我是她朋友，所以……"陈阳话没说完，但我明白她的意思。她想说，赵倩倩是她的朋友，她不希望我让她难堪；她想说若我不答应的话，她恐怕很难向赵倩倩交差。

很久之后我才听说，很多女孩子都喜欢通过介绍其他女孩给喜欢的男生，来测试这个男生是否喜欢自己。她们总是表现出一副大义凛然为你好、关心你感情生活的样子，其实内心非常迫切地想听见男生说“no”，甚至是反转式的表白：“傻瓜，我喜欢的人是你啊！”

然而当时的我对此一无所知。我纯粹是被她逼急了，一头热，说出了让自己悔恨了终身的话来：“那好啊，就在一起吧。”完全是放任自流、自暴自弃的姿态。

陈阳有一刻的怔忪，然后笑了起来，一副很高兴的样子：“我现在就去找倩倩，告诉她这个好消息。”说完就蹦蹦跳跳地走了。

据说因为大脑结构不同，男生很难猜对女生的情绪。我留意到了陈阳下垂又扬起的嘴角，却不懂这是为什么，只是心里空落落的，十分寂寞。

这种感觉像极了小时候我们做卷子，绞尽脑汁以为做出了正确答案，谁知试卷发下来，上面却有个大大的红叉。

我究竟都做了些什么？我不断地逼问自己。学习上，我是个学霸，可感情上，我却是个白痴。

很多年后，陈阳告诉我，她当时是多么希望我能拒绝。她说她的高兴是装出来的，她说我是个傻瓜。

没错，我就是个傻瓜，一个怯弱的、只懂得逃避的傻瓜。

直到现在，赵倩倩和我的那些陈年旧事，仍然横亘在我和陈阳之间，不曾消失，最终这也成了我和陈阳不能在一起的最直接原因。

就像一根刺，因为长久扎在肉里而无法拔除。

Level 11

三人行

接下来我便开始和赵倩倩谈起了恋爱。

说是恋爱，其实也不过是三个人中午吃饭时走路的顺序换了一下而已。原来是陈阳在中间，我和赵倩倩分立左右，现在却成了赵倩倩在中间，我和陈阳分立左右。

赵倩倩家里很有钱，穿衣用度一水的外国货，而且样样都讲究名牌。相比之下，陈阳那洗脸用大宝、洗头用蜂花的作风，直让人感叹同人不同命。

因为是独生女，又是单亲家庭，赵倩倩的母亲十分宠她。所以，赵倩倩虽然一眼看上去挺文静的，但骨子里却十分娇气。

比如想吃个面包，文科班的教室明明离小卖部的距离更近些，可赵倩倩偏不去，而是打电话让我当跑腿的，顺便还毫不知情地在我的心头上补刀："对了，记得再买一份给阳阳。"

我好不容易终于买了送到，可她又有各种嫌弃的理由："你怎么买这种？这种不好吃。"

她又没跟我说清楚到底要买哪一种，全靠我脑补，给她送去了她又诸多挑剔，虽然最后还是吃掉了，但总逼得我产生一种"大爷我不伺候你了"甩脸走人的冲动。

再比如，我和陈阳都喜欢吃红烧肉，有时买上一大份，两个人吃得特别欢。自从赵倩倩加入了我们的饭局，我和陈阳就再也没吃过了。因为赵倩倩曾对大肆咀嚼红烧肉的我们露出嫌弃的表情，嘴上也不饶人："好恶心，看上去好像便便。你们是怎么吃下去的？"

便便，便便，便便……我顿时，不，从此对红烧肉再也没了胃口。

身为白富美，赵倩倩时不时地会流露出高人一等的优越感。不时地炫耀她用的爽肤水是SK-II的，背的包是芬迪的，手链是香奈儿的，表是CK、阿玛尼的，太阳镜是缪缪的，丝巾是爱马仕的，这个多少钱那个多少钱。

更夸张的，交往没多久，正好赶上我生日。她竟然送了我6210元现金，说象征着我来到这世界的天数。我瞬间惊呆，好说歹说，才婉言拒绝掉了。结果没多久，她又送来了套英文版的《哈利·波特》。盛情难却，我不好再拒绝，只得硬着头皮收下了。

我有好几次都想趁早结束这段消受无能的恋情，但每次一对上赵倩倩眉目含笑的双眸，所有的狠心话又都哽在了喉间了。

赵倩倩亲昵地挨向我，长长地舒了一口气，一脸的满足："杨杰，虽然你有时候真挺讨厌的，不过我喜欢你，所以也喜欢你的缺点。我们会一直这样好下去的吧？”

赵倩倩漂亮的脸蛋和溢满深情的眼神在这一瞬间打动了我。

我别过脸，心里不停地咒骂着自己，头却不由自主地点了点。

我不喜欢赵倩倩，但也拒绝不了她的依赖和爱慕。可非让我像对待陈阳那般对待赵倩倩，我又做不到。

意识决定行动，这句话用在感情上绝对是至理名言。无论语言如何表达，喜欢与否总会在举止上表现出来。

比如陈阳感冒，我会跑腿买药，送她去医院，给她熬姜汤。而赵倩倩，我则轻描淡写，让她“多喝点热水”。表面在关心，其实不过耍嘴皮而已。

再比如到溜冰场溜冰，陈阳和赵倩倩同时摔倒，我会条件反射地先去扶陈阳，把赵倩倩忽略掉。

遇到好玩的好吃的，我想到的第一个人一定是陈阳。至于赵倩倩，要不是陈阳提醒，我有时都会忘记自己还有她这么个女朋友。

我也不是没愧疚过，毕竟赵倩倩也挺无辜的，而且对我也真的挺不错。她会给我记笔记，送学习资料，我的话费没了她会给我充话费，甚至给我捎饭捎水果。除了送《哈利·波特》，她还给我和陈阳每人送了一支便携式电动牙刷，以便我们外出就餐时用。

如果不是我不喜欢她，无法包容她的小缺点，其实她会是个极好的女朋友。

我不是个冷血的人，父母一直教育我做人要懂得感恩。因为是被陈阳逼急了才跟她交往的，出于愧疚，我试图对赵倩倩进行一些弥补。

但女人大概都有这么个通病，爱向身边的人提及自己的男朋友，炫耀自己的幸福。每次我稍微对赵倩倩好一点，她便会向陈阳炫耀说我有多么关心她。事后陈阳总会对我态度减淡，连陈阳自己都没发现。

我很反感这一点。可能是抱有偏见，我总觉得她很有心机，但也许是我多想了，可能赵倩倩只是单纯地想和陈阳分享快乐而已。

我和赵倩倩交往没多久，陈阳也谈了一个男朋友。跟她不是一个班的，会打篮球，长相中上，只是没过多久，两个人就分手了。据说分手的原因仅是交往了一个月，有一次那男生试图拉陈阳的手，却被她逃脱了。那男生一气之下和陈阳说了“拜拜”两个字，头也不回地走了。

陈阳是把这件事当笑话讲的。但她明明笑得眼角泛起泪光，胸脯也随着身体一颤一颤的。她说：“我就这样被甩了，你说可笑不可笑？”

我不知道该如何回答，选择了缄默不语。这种时候，陈阳更需要的，大概只是无声的陪伴吧。

后来有一天，上完晚自习，我和陈阳没有直接回家，而是一起在体育场里跑步。跑了几圈后，我俩气喘吁吁地挨着坐在足球场的看台上。

歇了一会儿，陈阳问我：“你和倩倩谈得怎么样了？”

她大概只是随口一句，但我的心却像突然被人用刀划了一下，麻痹得疼。人最难受的莫过于单相思，剃头担子一头热。我有点抵触这个话题，敷衍着回答：“就那样吧。”

陈阳颇为不满地责备我："你对倩倩热情点，别老是一副要死不活的样子。"

任凭赵倩倩在陈阳面前如何描绘我的好，陈阳还是一眼看穿了我对赵倩倩的态度——她为什么就看不穿我对她的态度？看不穿我其实喜欢的是她呢？

我有些怨愤，怨陈阳，气自己。语气不由地带了嘲讽："怎么热情？像你对你男友那么热情啊？"

陈阳照着我胳膊打了一拳，撇了撇嘴："说你呢，别往我身上扯。"

我不冷不热地"呵呵"笑了一声："这是我和她间的事，你就别掺和了。"

陈阳白了我一眼："什么叫瞎掺和？你是我死党，倩倩是我闺密，我希望你们两个开心快乐。"

我当时真的好想吼陈阳。我好想跟她说想让我开心就别把赵倩倩介绍给我，想让我快乐就别那么自以为是地"关心"我。

可是我说不出口，我怕伤害到她，自己也跟着不好受。跑了几千米都不觉得怎么累的我，此刻只觉身心疲惫。我叹了口气，有气无力地跟她说："赶紧回家睡觉吧，明天还得上课呢。"

大概觉得这个话题没什么继续下去的意义了，陈阳回了个"嗯"字后就和我一起回家了。

Level 12

同校誓言

不是我没想过分手。陈阳后来也说过，不合适就分了吧。但权衡利弊之后，我还是选择和赵倩倩交往。因为这样，我才有更多的机会接触到陈阳，和她在一起。

人的感情是很奇妙的东西。从最初的排斥到接纳，不习惯到习惯，我渐渐接受了赵倩倩是我女朋友这件事。要说对她的感情，不能说没有，毕竟人非草木。但与陈阳不同，我从未设想过和她的将来，赵倩倩对我而言，始终是随时可以关系中止的存在。

我和赵倩倩的恋爱关系一直维持到高三，我们的三人行也一直持续到高三。从高二到高三，陈阳一直断断续续地谈恋爱，谈了六次恋爱，不过每次都只是牵牵手就分手，连初吻都还保存着。

不了解陈阳的人可能会觉得她有点轻浮，但其实她骨子里是个很自尊自爱的人。如果有人对她动手动脚，她就立刻把那人甩了。

她也无法忍受她的男朋友吃我的醋，影响我们的友情。她说她绝不会找一个小心眼，会吃我醋的男朋友。对她而言，我比男朋友重要多了。

我在重重的失落感里总算找到了点安慰，附和道：“这也是我找女朋友的标准。”

当时赵倩倩也在。我以为她会不高兴，会就此和我闹分手。我多么希望她能不高兴地跟我闹分手，很多女生都喜欢用闹分手来试探男友对她的爱。我幻想着，只要赵倩倩一闹分手，我就可以借坡下驴，既不用良心不安，也不用面对陈阳的指责。

可没想到，她只是拉着陈阳和我的手，很贴心地笑着说：“我就不会吃你们的醋。”

无懈可击，我瞬间失去了对抗的力气。

到了高考填志愿的时候。

那时候，我们三个的成绩数我最好，赵倩倩其次，陈阳再次之。

模考成绩出来后，陈阳算了一下成绩，大概只够普通一本。我和赵倩倩报了直属大学，陈阳没有，而是报了别的学校。那个学校和我们直属的大学分数线差了三十分。

那天下午放学后，她跟我都没有回家，而是在校园里边散步边聊天。

她一面习惯性地在我面前倒退着行走，一面抿着嘴笑：“抱歉啊，我努力过了。可能我真的比较笨吧，没办法再和你上同一所学校了。”

她的笑就像夕阳，温暖中藏着淡淡的凉意。

我试图抓住这份温暖，手停在半空却放了下来。我发现老天爷特别喜欢用离别来作弄我，稍不留神，便被他玩弄于股掌之中。

大概是看出我的难过，陈阳拍了拍我的肩膀，笑着又说：“安啦。我觉得 A 大蛮不错的，绿化好，伙食也不错，帅哥也很多，到时候我勾搭个男神给你瞧瞧。”

我哭笑不得：“你别男神没勾搭上，反倒叫衰神给拐跑了。”

陈阳掐了一下我的胳膊，说：“你以为我像你这么笨啊。”

我忍痛笑着回道：“不然你以为呢？”

“我啊，可是很聪明的。我要是不聪明，怎么会一眼相中你做我的朋友？”她开启王婆模式，自信满满地又说，“又不是到外地读书，很久见不到。要是真遇上欺负我的，我就找你撑腰。”

真是风水轮流转，犹记得初升高时，还是我安慰的她。

“自恋。”我敲了一下她的脑门，“你什么都指望我，要是我哪天不在，看你怎么办。”

“我就找啊。”她眯着眼，抿着嘴笑，“我会像唐僧取经、孙悟空收集龙珠、柯南寻找真相一样找到你。”

我无言以对，心里又觉得暖暖的，只静静地凝视着她。心里默默道：“好吧，陈阳，无论以后我们相隔多远，你都要来找我啊。”

我和陈阳嬉笑玩闹，心中暗藏着要和她大学继续同校的决定。

不过问题来了。因为以前报志愿被我骗过，我爸妈表示要亲眼看我填了志愿才放心。但幸运的是，我们那年高考实行了平行志愿政策，一本可以报六个。除了直属大学，我又报了陈阳报的学校。

到了高考那天。

一年一度的考试对于考生们来说，就像一场关于人生的豪赌，就像积攒了十多年的山洪因为决堤，终于爆发一样。因为关系着未来，没人敢不重视。家长们在场外翘首以待，学生们在场内严阵以待，考场氛围寂静而严肃。

笔摩擦着卷子沙沙作响，所有人都在屏气凝神奋笔疾书。

“陈阳这家伙应该在抓狂吧？”遇上了一道特别难的题，想到陈阳遇上难题就抓耳挠腮的样子，我忍俊不禁。

没有和她分在一个考场，我有点心不在焉。早上她在电话里跟我说笑，说要是我考不好的话就要当她的校友了。

“没什么不好的。”我半真半假地揶揄她，“这样我就可以和你平起平坐，不用再俯视你了。”

我想自己大概是全国唯一一个怕考高分的学生吧。考场上我一边做题一边算分，满脑子都在想要怎么答题才能和她去一个学校。语文我没写作文，数学题也故意空了几道，做完也没检查，直接交卷子。

我实在太过自信，或者说在爱情面前我比想象中的愚蠢。高考分数出来的时候我傻眼了。

赵倩倩被直属大学录取了，陈阳被想上的学校录取了，而我与录取陈阳的学校的分数线差了四分。

知道成绩以后，我爸并没有打我，而是不停地抽闷烟，我妈也没有怪我，反而开导我没发挥好不要紧。他们都以为我是高考失利。

我第一次意识到自己成了失败者。全世界的人都来安慰我，不是建议我复读就是建议我到国外读书。每每被人提及高考，我都觉得是在揭我的疮疤。

陈阳一脸愧疚地向我道歉："对不起，都怪我乌鸦嘴。"

"别往自己脸上贴金。"我故作轻松地反驳，其实心里早苦成了苦瓜，"是我俯视你太久，脖子酸了看花眼而已。"

"切。"陈阳白了我一眼，"我看你是老年痴呆犯了吧。"

我笑笑说："我是犯病，你是天生。"

因为对我心存愧疚，陈阳放弃了暑期旅行来陪我。这是我高中三年来与她单独相处得最长的一段时间。

每天我们都窝在一起玩拼装玩具看影视剧打游戏，或是下楼打羽毛球。高考失利，我本该很不高兴的，但她的到来就是最好的慰藉，我竟然可耻地觉得这样子挺好。

我跟父母说我不想复读也不想到国外留学。为了我的前途，我爸妈只能到处找人托关系想办法把我弄进了 A 大。其实他们更想我去直属大学，但无奈分数线实在差太多。

炎热的夏天，他们为了我一次又一次奔波，打了一个又一个电话，汗湿了衣裳，失望写满脸庞。踏破铁鞋，在花了一大笔钱、又请客又送礼之后，校方终于同意我进入 A 大。

看着父母喜极而泣的脸，我第一次觉得自己对不起他们，虽然我对不起他们的何止这一次。没有办法，和陈阳不在同一个班已经让我感觉到了陌生，我想象不到不在一个学校我会不会发疯。

我和陈阳去了 A 大，赵倩倩去了直属大学。

开学的前一晚，陈阳到我家找我。她提了一打啤酒，拽着我上了楼顶天台。我知道她有话要跟我说，每次有重要的话，她都会拽着我上天台。

走到围栏旁，她先一步拉开啤酒罐拉环，抿了一口："杨杰你还记得吗？刚上高中的时候我们发过誓，大学还要在一起，现在就要实现了。"

天空寥寥几颗星，静谧而开阔。有飞机如流星一般划过，远处冉冉升起一盏孔明灯，小小的火焰，也不知道将会飘落哪里。

我看着陈阳的侧脸，夜幕下的她，眼睛比星星还要亮。我跟着打开一罐啤酒，一口气喝了一半，感叹道："是啊。虽然是普通一本，不过终于在一起了。"

我想这就是幸福吧。想到可以跟喜欢的人在同一所学校同一间教室上课，我心中全是美好的期待，满满的，快要溢出来。

我忍不住朝着天空大声喊："A 大我爱你！校友我爱你！"我一直想对陈阳说"我爱你"，今天终于说出来了，虽然是以校友的名义。

说完，我觉得自己就像经过剧烈晃动、在可乐里憋了很久的气泡，一下子被释放出来，只觉得好爽快。

陈阳吓了一跳，回过神忙捂住我的嘴巴："你想吓死人啊?！"

我激动又快乐："你怕啊？"

"怕个鬼。"她伸手做喇叭状，对着远方同样很大声地叫："对不起，打扰到你们了！因为我们明天都是大学生了，实在太高兴了！"

周围几栋楼的声控灯被她吵亮了，狗也跟着吠起来，此起彼伏。我妈的头探出窗子，冲着我俩直吼："你们两个吵死了，都给我下来！"

我回应道："我马上回去。"

嘴上答应了，实际上完全是左耳进右耳出。我并没有下楼，而是坐在天台上和陈阳边喝酒边聊天，谈理想谈往事，天南海北，东拉西扯，谈到十一点多才下来。下来后也没有回家，而是到街上吃烧烤，又跑到KTV唱歌跳舞。

说实在的，我们两个都没有唱歌跳舞的天分。她唱歌像鬼哭，我唱歌像狼嚎。她跳舞像触电，我跳舞像得了帕金森病，但这并不妨碍我们自娱自乐。

我们玩得相当开心，开心到我第二天早上真的是笑醒的。因为那天晚上我做了个很幸福的梦。我梦见自己和陈阳在同一间教室上课，又一起考研，将来结婚生孩子，平静幸福地过完了这一辈子。

第四卷

大学是恋爱的季节

我咀嚼这份情感很多年，从甜蜜到苦涩，从苦涩又回甘，大学是希望的台词，让我们重新开始。

Level 13

军训

我和陈阳被录取到同所大学同一个系的不同班里。

拖着简单的行李、疲劳的身躯和振奋的心情，我踏入了 A 大这所教育圣殿。陈阳与我同行，我们一起找教室报到，找寝室，相互配合着收拾行李，一起办一卡通，一起在校园里瞎溜达。

虽然暑假期间来过几次，但当真正踏入的时候，依旧充满新鲜感。陈阳跟我就像童心未泯的小孩，这里看那里看，摆了好多造型，拍了好多照片。

陈阳说："杨杰，你看那男生好帅！"

陈阳说："杨杰，那老鼠好大！"

陈阳说："杨杰，你说这桃子能吃吗？"

陈阳说："杨杰我走不动了，歇会儿。"

陈阳说："哈哈！杨杰，鸟给你施肥呢！"

…………

她叽叽喳喳的样子，眉开眼笑的样子，每一个样子，都被我收进眼底，牢记在脑海里。我被她的快乐感染，忍不住也开心地扬起嘴角。

这世界对我而言有两个太阳。天上的太阳温暖我的躯壳，身边的太阳温暖我的心。此时此刻，我确信自己是这世上最幸福的人了。

“A 大我来了。”我在心里默念。

四年，我相信我有足够的时间、足够的机会让陈阳爱上我。相伴十二年，我相信除了亲情外，没有一份感情比得过我们的。

并不是我过分自信，而是上学那么多年，认识了那么多人，陈阳也谈了那么多次恋爱。但太多的人如匆匆流水，过客一般，消失在我们的人生当中。我相信这四年，陈阳就算谈再多的恋爱交再多的朋友，最后依然如大浪淘沙，只剩下她和我在一起。

我如此坚信着。

大学的第一个月是严苛的军训时期。

炎炎烈日下，我们站军姿、踢正步、向左向右向后转、拉练、学军体拳，一天下来汗湿了衣裳，一身的臭味，脚痛得要死，也困得要死。闲下来的时候，我们又围在一起唱军歌，听教官们讲部队的事，浑身热血，正能量爆棚。

虽然不在同一班，但因为两班挨着的关系，所以我经常能见到陈阳。

每次稍有间隙，我便会探寻陈阳的身影，看她情况如何，一解散就找她玩。

我们两个比赛谁的豆腐块叠得好，谁的饭吃得快，谁的绳跳得多毽子踢得多。明明已经是成年人了，却如幼稚的孩童般嬉笑。

记得有一次，我们班站军姿，陈阳班在踢正步。那几天正好是陈阳大姨妈到访的时间，高强度的训练加上严酷的阳光，我满脑子都在想着她到底要不要紧。

好不容易逮到了机会看她几眼，却见她脸色发青，身体摇摇欲坠，几乎要站不稳了。

我心里一沉，担心不已。这时，在喊口令的教官忽然喊起了一声“向右转”，全班同学齐齐转了过去，只剩下我一个人还傻傻地站着，满脑子里都是陈阳。

全班的人都笑得前俯后仰，另外几个班级的同学也顺着笑声看过来。

当时我还一头雾水，不知道发生了什么情况，回过神才发现他们是在笑我。教官又气又笑地说：“这位同学，在想什么呢？是想着哪个女生漂亮吗？”

此话一出，全班更是笑成一片。我羞红了脸，因为紧张，竟下意识地用和陈阳说话的语气说道：“没有，我能想谁？”

这一回全班更是笑炸了。教官见我敢还嘴，罚我单独出列站军姿。我出列后，发现陈阳也是捂着嘴笑得身子一颤一颤的，还冲我做鬼脸。

“小心肚子痛！”我朝她做着口型。

她吐了吐舌头，朝我做了个鬼脸，便继续训练去了。

解散的时候，我故意装出无视她的样子，一个人走掉。

“怎么？生气啦？”她追上来，像猴子一样挎住我的胳膊。知道我不可能真生她的气，嘻嘻哈哈涎笑着说，“不要生气啦，又不是我一个人笑话你。”

“陈阳，你说你过不过分？”我故作严肃，板着脸看她，“别人笑我，你也跟着笑。”

“切，还不能让人家笑笑了？”陈阳掐了一下我的后背，“独裁者，死脑筋，专门欺负无辜的人！”

我一阵语塞，只得揉着她的脑袋，把她头发揉得乱糟糟的：“看你蛮精神的，本来我还在想要不要送你回寝室。”

“呜呜……脚痛，肚子痛。”陈阳靠在我的臂上，越发像只猴子，“我好想跟你家的猫或者我家的狗换一换，这样就可以天天舒舒服服地待在家里了。”

“别想了，”我继续揉她的头发，笑道，“你要是变成它们，一定后悔得天天吐槽，大爷的，天天穿个皮草，快热死了。”

“也对。”她认同地点了点头，“不过我还是想当猫或者狗。天天有人照顾着，不用大热天的出来晒太阳，好幸福。”

“有我这种暖男天天像大爷一样地伺候你照顾你，你难道不幸福吗？”

“我姓陈，哈哈。”

…………

第二天，陈阳仍旧脸色不佳。趁着休息自由活动的空隙，我问陈阳要不要去医务室，或者干脆请假回家，反正家离学校不远，还有她的父母照顾她。陈阳摆了摆手，说快吃中饭了，还能坚持。经过短暂的休息，见她脸色确实好了点，我也就没再劝。

不过，一到吃饭时间，我立马叮嘱她的室友送她回寝室。然后到食堂给她订了饭，跑去给她买了益母草颗粒跟红糖，给她泡好红糖水，拜托她的室友捎给她。要不是男生不能进女生宿舍，我真恨不得像照顾小孩一样端着碗喂给她。

陈阳打电话给我，笑骂我事儿妈的时候，她的室友们都在一旁起哄说："小阳阳，找到个这么温柔体贴的男朋友，你真是八辈子修来的福哟。"

"你们一边去，"陈阳的声音从话筒传来，"他是我哥们，最好的哥们。"

哥们儿，其实我不太愿做她的哥们。我更想做她的男朋友，所以，听到"哥们"这两个字我下意识地抿了抿唇。

其实我当时想通了，决定去追陈阳。不过没那么直白，而是含蓄的朦胧的。我计划着让她习惯身边有个人默默地喜欢她，然后等时机成熟再告诉她那个人是我。

我在网上买了支玫瑰，匿名快递给她。买玫瑰的时候，我特意让掌柜的在包裹里放了张贺卡，写上纪伯伦的诗。

爱情是一个光明的字，被一只光明的手，写在一张光明的纸上。

爱情是情人之间的一层面纱。不肯原谅女人细微过失的男人，永远不会享有她那美好的德行。

爱所给予的，只是他自己；爱所取的，也只是取自他自己。

爱不占有，也不会为人所占。因为爱身是自足的。

情人只拥抱了他们之间的一种东西，而没有真正互相拥抱。

留下一点空间，让天风在爱之间舞蹈。

彼此相爱，但不要让爱成为束缚。

让爱成为灵魂两岸之间流动的海洋。

斟满彼此的酒杯，但不要同饮一杯。

把你的面包给对方，但不要吃同一个面包。

一同唱歌、跳舞、欢乐，但要保有自我。

就好像琵琶的弦是分开的，但同奏一首曲子。

献出你们的心，但不要把自己的心交给对方保管。

要站在一起，但不要挨得太近；

因为庙宇的支柱是分开竖立的，

橡树和柏树也不在彼此的阴影下生长。

第一次见到这首诗的时候，我就喜欢得不得了。我一直计划着找机会念给陈阳听，虽然陈阳那句“我是不会喜欢上连告白都不敢的男生的”一直回荡在我的脑海，但我想当她被感动的时候，那丝怯懦一定会被忽略掉。

陈阳收到了我的匿名贺卡，一脸兴奋地跑过来找我：“杨杰，今天有人送花给我。”

“是吗？”我故作好奇地笑着说，“谁啊？哪个瞎子看上你了？”看着她喜悦的小眼神，我知道，我的第一步计划成功了。

陈阳冲我翻了个白眼：“人家比你强多了好吗？你才是真正的睁眼瞎。”

陈阳特别喜欢用“睁眼瞎”来形容我。其实仔细想想，她的潜台词是不是在说我看不到身边的美好呢？比如说她。

陈阳一本正经地继续说道：“不过，我更喜欢里面放的那一首诗。我现在背给你听啊——爱情是一个光明的字，被一支光明的手，写在一张光明的纸上。爱情是情人之间的一层面纱。不肯原谅女人细微过失的男人，永远不会享有她那美好的德行……”

陈阳记性不是很好，能在短时间内背下来，看得出她的用心。

“我想见见这个男生。”陈阳目光中有赞美的神色，“写下这首诗的人，一定有着宽广的胸怀和美好的心灵。”

陈阳说这种爱情正是她所追求向往的。她想要一种平等自由的爱，两个人相互理解包容和付出。那个人不一定多帅多有钱，但一定要自信、阳光、善良、有责任感。两个人都视对方为唯一，即便分手也是洒脱的，还能做朋友。

听完她的话，我深有感触，我觉得我蛮符合她的标准的，除了心里喜欢她却跟赵倩倩谈恋爱这一点。我美滋滋地点着头："嗯，不过这诗是纪伯伦写的。"

"你知道啊？"她审视着我，"说，这诗是不是你送的？哈哈，我要告诉倩倩去，说你移情别恋。"

"想什么呢?!"我心虚地推了一下她的脑袋，眼神飘移，"我怎么可能喜欢上你这种没胸没脑的家伙。"

事实上，我确实喜欢了，真心实意非常地喜欢。但我知道她在跟我开玩笑，我怕陈阳的没心没肺惹来赵倩倩的不满。赵倩倩是个占有欲极强的人，虽然平时不会吃陈阳的醋，但会吃别的女生的醋。她为了别的女生跟我闹过好几次。

"不管谁写的，这诗真的好赞。"陈阳出奇地没有跟我针锋相对，而是一脸遗憾地叹息，"只可惜不知道那人是谁，不然我一定请他吃饭，跟他做朋友。"

其实那一刻，我恨不得立马告诉陈阳，送花、送诗的人是我。但我忍住了，我不能这么快就打乱自己的计划。

"一首诗就把你感动到，真轻浮。"为了把自己藏起来，我像平常那样吐槽她。

"你懂什么？"她斜视着我，"像你这种睁眼瞎，怎么可能看到别人的优点？"陈阳说那人之所以匿名，一定是有不得已的理由。她相信，迟早有一天，那人一定会亲自来找他。

听到陈阳的夸赞，我心里更加美了，比中了上亿彩票还美。我小心翼翼地掩饰着内心的喜悦，故作镇定："别到时候被吓跑了。"

"才不会。"陈阳拍着胸脯，信誓旦旦地说，"就算那人像卡西莫多一样丑，我也会跟他做朋友。如果他帅呆了酷毙了，我一定会抱着他大腿求交往。"

"这可是你说的。"我欣然笑着，心想：陈阳你等着我吧，总有一天我会站在你面前，光明正大地告诉你我爱你的。

Level 14

疏离

大学军训虽然严苛，但相对高考还是轻松了许多。绷紧的神经得以放松，有了时间，学生们也就有了更多的精力去探讨男女问题。

男生们经常扎堆，你一言我一语，把学校里但凡有点姿色的女生全部评论了一番。“XX 长得不错啊，皮肤好白”“三班那个高个儿的女生有点像刘亦菲”“XX 也行，脸蛋是真漂亮，就是迷彩服裹着，不知道身材怎么样”……

有人只是单纯欣赏，有人则把女生当成意淫对象。有人猴急地向着中意的人告白，却也有人将爱埋在心里，成功者喜，失败者愁。

陈阳长得清秀可人，又是大大咧咧的性子，轻易便能吸引住男生们的目光，自然也逃不过被追逐的命运。不过因为有我时常出现在她的左右，大多男生都以为她名花有主，只得望而却步，但谈论仍是在所难免。

一次大集合之前，班里的同学坐在教学楼下的阴凉处休息。不知怎的有人突然谈起了陈阳，男生甲羡慕嫉妒恨地戳了戳我说："哥们儿，不错啊，一来就找个这么漂亮的女朋友。"

我当时正在发呆，一时反应不过来，但这个场景实在太熟悉了，便习惯性地解释道："没有，我们是十二年的同学，十二年的好朋友。"

说完后我又有些后悔了。我的话分明是在给别人可乘之机，而我也似乎一直在做这样的事情，不断地否定了自己对陈阳的感情，不断地把自己否定在了陈阳的世界之外。

"啊？真的吗？我还以为你们是男女朋友呢！感觉陈阳跟你在一块，整个人都不一样，虽然她平时也笑得很爽朗，但有你在的时候，她笑得特别神气，还有点炫耀的味道。"

我不知该如何作答，只尴尬地笑了笑。男生乙过来救场："你们可别乱说，杨哥可是有女朋友的人，而且他的女朋友比陈阳还漂亮。"

作为我的高中同学，乙的话是有一定可信度的。大伙闻言，立马撸起袖子，一副要暴打我的架势："我靠，杨杰，你小子何德何能啊！身边莺莺燕燕，都快赶上杨过了。"

然而杨过身边的桃红柳绿再多，都比不过那一袭轻纱素衣的小龙女。我急切地想跟旁人表明自己对陈阳的心意，却又碍于现在还没和赵倩倩正式说分手，只能在心里默默地叹了口气。

休息的时间总是特别短暂，大伙闹闹哄哄了一阵，教官的哨声就响起了。

不知怎么的，同学甲似乎还有些不死心，在众人匆匆赶去集合的时候，又对我说："杨哥，我真觉得陈阳对你有意思。"

一整天的军训，我的脑海里都回响起甲的这句话。我喜欢陈阳，这是不容置疑的事实，如果真如甲所言，陈阳也喜欢我，我们又何必继续蹉跎下去呢?

好不容易结束了一天的训练，大家勾肩搭背地到饭堂用餐。

我一直一声不响地走在最后，刚下定了决心，这一次不能再㞞了，一定要赶紧跟赵倩倩摊牌，跟陈阳表明心迹。但甲突然凑到了我的身旁，嬉皮笑脸道："杨哥，给我支个招呗，我想追陈阳啊。你总不能有了小龙女还耽误郭襄是吧？"

原来这家伙是打这如意算盘。我真想把甲捆起来恨恨地吊打一顿。有了高一时候的经历，也为了自己的心，我打击着甲："你别追了，她眼光很高的。"

"要是追上了怎么办？"甲坏笑着说，还招来其他的男生来打赌："要不想追陈阳的都来打个赌。谁追上陈阳，牵手不算啊，起码要亲个嘴做点爱做的事。输的人请赢的到饭馆撮一顿。"

"这提议好。"乙拍着我的马屁，"麻烦杨哥您老人家在陈阳面前多夸我几句啊，追到她以后我请你吃饭。"

"就是没追到也该请杨哥吃饭。"丙说，"你们说是不是？"

一群人附和着丙的话："就是！"

我皱着眉头将达成共识、摩拳擦掌跃跃欲试的男生们扫了一眼，心里十分反感。陈阳在我心里是不可亵渎的存在，是干净的、纯洁的，我无法容忍别人拿她打赌——何况我喜欢她，我也不想别人追求她得到她。

我忍不住冒火："你们几个都不许追陈阳，谁追我跟谁急。"

甲涎皮赖脸地说："杨哥，不带你这样的，想建三宫六院不成？你都有女朋友了啊，自己吃肉起码让我喝口汤。"

我呛声道："要喝汤找别人去，别打陈阳的主意。"

甲咬着我不放，"我要是非要打她主意呢？"

"我就——"我纠结了一下，咬着牙说，"我就告诉陈阳，你不是真心喜欢她，只是在耍她。"

"噗——哈哈哈……哈哈哈……"

一群人狂笑起来。

我有点气，大声喝止道："别笑了！"

我知道自己很不合时宜。我知道自己应该像人们宣传的那些高情商一样，处变不惊，谈笑风生，用四两拨千斤的方式达到自己的目的。但我克制不住，一遇到陈阳的事，我脑子就像短路了一样，特别不好使。

我气得吹胡子瞪眼。以为这样就能把人唬住，其实和分不清现实与想象的堂吉诃德差不多。

没有一个人听我的，反而越笑越烈。

"别笑了！我叫你们别笑了！"连喝了几次。见我气得脸红脖子粗，甲终于停下来说："开玩笑而已，别那么认真。"

乙也说："学校美女那么多，没有陈阳还有别人。杨哥你别在意。"

"别在意。"人们再度附声。

我寝室老大坐在我对面，看了我一阵，突然笑着说："老三，我不追陈阳，是不是该轮到你请我吃饭了？"

我回应："你吃片口香糖就行了。"

一群人又笑了起来，七嘴八舌地哄老大吃口香糖。就是这样轻松的氛围，所有人都答应了不去追陈阳。虽然我觉得他们对陈阳的感情肤浅不堪，但也庆幸正是这份肤浅才让我那么容易成功。

事后我请几个人吃了火锅，他们开玩笑说要组成护阳小分队，谁敢追陈阳就跟我打报告，想办法把他俩拆散。

我猜想他们都已经看出来我对陈阳的感情，却没有点破，心里十分感激，笑呵呵地应了声："好。"

说说我们护阳小分队的事吧！

其实真正起到作用的还是我寝室的三个室友。因为关系到面子，也怕秘密被人捅破，搞得天下皆知，我没有告诉任何人我给陈阳送过花。

陈阳第二次收到我送的花不久，寝室老二便跑过来跟我说："不得了了，有人给陈阳送花。"

我故作淡定地说："陈阳那么受欢迎，有人送花很正常。"

我企图把这件事蒙混过去，哪知老二极度热心肠极度负责任。他跟我说："不行，万一陈阳被收买了，哭都来不及。"

老二跟我分析，那货之所以只送花一朵，是为了放长线钓大鱼，因为一次送太多，成本会比较高，除了土豪没人会高频率地送。

“那货应该是个学生，心思比较细，也比较聪明，家庭条件良好，但不是大富大贵的那种。”看了太多推理小说的老二大胆假设，“我估摸着他要在陈阳面前刷存在感，刷到她习惯了，决定接受他为止。这是个劲敌，一定要小心。我估摸着那货很快会再给陈阳买花，到时候我们把它拦下来扔了。”

我将老二的话对号入座，不禁有点心慌。但转念一想，物流信息掌握在我手里，而且我们学校通常都是门卫大叔代签后让学生拿着学生证来领快递的，除非特别熟。有着先天优势的我，根本不需要担心。

但事实证明，我低估了我的小伙伴们的能力。

他们为了玫瑰的事操碎了心，竟然想出在门卫室蹲点、顺手牵羊的主意。老四负责向快递员打听快递下落，老大负责掩人耳目，老二负责拿，我负责监视陈阳、通风报信。

自己坑自己的感觉还真是酸爽，都快成谍战剧了。一方面，我得装模作样应付我的室友，另一方面又得确保陈阳拿到快递且不暴露我的身份。

这种状况下，我智商严重欠费停机，根本不知道该如何是好。更糟糕的是，老四一堂兄是搞快递的。他跟堂兄说要是遇到我们这一级这一系的人的快递，就不用送了，由他来送。我特意嘱咐掌柜换家快递，没想到换的那家网点也是他的堂兄负责。

于是，我只能眼睁睁地看着老四把那花那贺卡从纸盒里拿出来，丢进垃圾桶。

“老四啊，你真是太敬业了。”我强颜欢笑地拍着老四肩膀夸他，内心深处，却已恨不得把老四跟其他两个室友吊起来打。

自此以后，我只好把花跟诗送到了陈阳家里。因为怕露馅，我仅仅把地址写到陈阳家小区。不断收到花的陈阳，越来越高兴，整天惦记着要和送信的人见面。

我也越来越高兴。因为赵倩倩也在军训，可能距离真的产生距离，我和她之间的联系少得可怜。没有了赵倩倩，不再是三人行，我感觉就像回到了初中时代——不，好像热恋一般，只觉得身心愉悦。

可惜，这样的日子很快就结束了。随着军训结束，大学生活开始步入正轨。

陈阳加入学生会，并开始积极参加演讲比赛、歌唱比赛、辩论比赛、体育比赛等。她性格好，热情开朗又直爽不娇气，很快和老师同学打成一片，成了系里的知名新人。

我混得也不错，只是性格没她的外向，爱好也少，所以圈子小了点。

起初，我以为不和赵倩倩同一所学校，就可以情感稀薄，和平分手。或许有人觉得，说一句我们分手吧，不就一了百了了吗？但女人这种生物，凡事都爱问个所以然，也爱将一切蛛丝马迹串联在一起。若是由我提出分手，赵倩倩必定会怀疑到陈阳身上，我不希望陈阳受到伤害。

但事与愿违。军训后，赵倩倩开始频繁联系我，甚至来学校陪我吃饭上课。每当她出现在众人面前，陈阳总是兴奋地在一旁介绍：“这是我死党，这是我闺密，他俩是一对哦。”

关于我和陈阳之间的流言瞬间溃破。全系的人都知道了我和陈阳只是好哥们，也仅限于好哥们。

和高中不一样的是，赵倩倩每次来找我吃饭，陈阳总找各种借口逃之夭夭。有她在时，我至少是满足的，和赵倩倩独处时，我的心里总有种孤独感。

后来我问她为什么总躲着我，她吐了吐舌头，笑着说：“我又不是厚颜无耻的人，怎么可以随随便便当你们的电灯泡呢?！”

我张了张口，想跟她说：“我不介意啊，我希望你能留下。”但话始终哽在喉间，堵得我几近窒息。

我恨自己的怯懦，恨自己的无能，连一句“我一点都不喜欢赵倩倩，我喜欢的人是你”也说不出口。大概，这跟近乡情怯一个道理吧。

不止吃饭，我还发现每次赵倩倩陪我上课的时候，陈阳都会和室友坐在一起，绝不坐在我和赵倩倩的旁边。甚至任何事，只要赵倩倩出现，她都会找借口闪人。

她离我越来越疏远。这刻意保持的距离，让我总觉得哪里不对，又说不出哪里不对。不过还好，没有赵倩倩的时候，陈阳依旧像小时候那样和我开玩笑，瞎胡闹。

我依旧暗地里给陈阳送花。

陈阳收到花的事，赵倩倩很早就知道了。一个星期天，她叫我和陈阳一起看电影。这是我们上了大学之后第一次聚在一起看电影，也是难得的一次陈阳没有撇下我和赵倩倩。

当时，陈阳坐在第七排，我和赵倩倩一起坐在第八排、陈阳身后的位置。那天电影开场有点晚，我们三个人无所事事地闲聊着。

谈着谈着，陈阳提到中午收到的花。

“那人还真是浪漫。”赵倩倩扫了我一眼，目光中有几分不满的光泽，面上却还是矜持地笑着，“我和杨杰谈恋爱这么久，也没见他送过花给我。”

“因为他傻嘛！”陈阳没心没肺地笑道，“杨杰，倩倩在学校可受欢迎了，好多男生追她。你要是不看紧，她就跟人跑了。”

话似乎说进了赵倩倩的心坎，她将目光落在我的身上，一种喜悦自信又渴望的目光。

“送花有什么意思！”其实赵倩倩的心思我明白，但我故意装糊涂，“还不如买杯可乐。”

“呆瓜！一点浪漫细胞都没有。”陈阳摇了摇头，感叹道，“像你这么不会哄女孩子的，也就倩倩受得了。”

赵倩倩抿着嘴笑，极具淑女风范，这有几分炫耀的味道：没有啊，杨杰身上有很多优点。长得帅，聪明，脾气好品行好。有他做我的男朋友，我觉得自己运气很好。

不得不说，就算听到讨厌的人夸奖自己，心里还是会觉得美滋滋的。我趁势打击着陈阳：“几朵花就把你迷得五迷三道，难怪我说你轻浮。”

陈阳不服气地还击："我乐意，哼！"

这时，电影总算开始了。陈阳冲我做了个鬼脸，便扭头看电影去了。

我没想到，送花这事就这样一直被赵倩倩惦记着了。女生的骨子里都有着对浪漫的渴望，尤其我暗地里给陈阳送了玫瑰，赵倩倩可能之前觉得我不送花没关系，但有了对比之后，自然耿耿于怀。

看完电影那天，赵倩倩没有提。可过了几天，她来找我，吃过下午饭，我们两个一起在校园外转悠。路过一家花店，赵倩倩忽然停下了脚步。

"买朵花吧？"她指了指门口摆放着的玫瑰，脸颊微红着道，"我们交往这么久，你还没有给我送过花。"

我重复着之前的言论："送花有什么意思？你想喝水吗？我买可乐给你。"

我起身走向旁边的便利店，却被她拽住。她鼓起腮帮，不满地抗议："我不要可乐，我要花。"

因为玫瑰象征着爱情的缘故，我心里不免有点抵触。我耐着性子讨好："花容易枯萎，没几天就要丢掉了，浪费。"

赵倩倩却说："可以用培养液养着，能养很久。"

我继续变着法回绝："养来养去还是要枯掉，还不如买别的。"

"我就是想要玫瑰。"大约是察觉到了我的不情愿，她的声音忽然大起来，“我又不是让你买上百朵上千朵，有那么难吗？如果我想要上百朵上千朵，我会自己买！哪怕上万朵我都买得起！我就是想要男朋友送我一朵玫瑰，一朵而已，有那么难吗?！”

说着说着，她的眼眶湿润了。

有对情侣停下来围观我们，窃窃私语。女的说那男的好小气，男的说女的蛮漂亮。在旁人的注视下，我觉得好窘，脸颊好烫——并不是我为自己做男朋友不合格而愧疚，只是不想不了解的人非议我。

为了平息事件，我违心地说：“我送你就是了，你不要哭。”

我心怀抗拒地买了玫瑰送给赵倩倩。赵倩倩脸色如风云变幻，顷刻喜悦起来。她接过花，放在鼻下细细嗅着：“好香。”

突然，她又踮脚在我唇上亲了一下：“我爱你。”亲完了，她面带红晕，低着头羞涩地笑起来。

很轻微的声音，很轻柔的吻。

这是我和赵倩倩第一次接吻，因为太过突兀，我惊呆了。回过神后，我只觉得反胃，抬手企图去擦拭那个吻，可那个吻就像烙铁烙上去一样，我怎么擦都觉得吻还在。

我心里，好像有什么东西被破坏掉了。

“你爱我吗？”赵倩倩问我。显然，只顾偷乐的她并没有注意到我抗拒的行为。

我没有回答，因为我无法违心地告诉她我喜欢她；同样地，她是我的女朋友，我也没办法告诉她我不喜欢她。

我只能装聋作哑地转移话题："我肚子饿了，我们去吃饭吧。"

后来赵倩倩又吻了我几次，一次比一次主动，一次比一次猛烈。

"只是接吻，算不了什么。"几次半推半就，我总是这么安慰自己，但又觉得不能再这样下去。再这样下去，我和赵倩倩的关系会越来越深。我觉得我必须想办法阻止我和她的关系发展下去。

有一天，赵倩倩不在，我和陈阳坐在一起上课，下了课又一起到图书馆里看书。

图书馆里安安静静的，只有轻微的脚步声和翻书的沙沙声。她坐在我对面，时而低头看书记笔记，时而抬头看我，巧笑嫣然。

我忽然觉得我们两个回到了中考前夕。我和她也是这样，上课了坐在一起听讲，下了课不是到她家就是到我家温习。

情景重现，我有点怀念，有点兴奋，有点开心。浓情蜜意，像一抹熏香，袅袅地，从心里挥发出来，扩散在空气里。

出了图书馆，我对她说："真好，又可以继续和你同桌了。"我想跟陈阳谈谈，只要她不躲着我和赵倩倩，还像从前那样三人行，我就可以避开与赵倩倩的所有暧昧。

夜宁静美好，就像舒伯特弹奏的《小夜曲》。蛐蛐儿在幽暗处唱着歌，情侣们也成双成对地出没在校园的各个角落，亭子、树林、楼梯拐角……如诗如画，如醉如痴。

"是啊。"陈阳抱着书本，一面侧脸微仰，对着并排行走的我露出明净笑容，“有我这种女神级别的陪着你，幸福吧？”

“自恋狂魔。”我弹了一下她的脑门，笑着说，“不过每次倩倩过来你都会躲着我。”

“废话！”陈阳大方承认，“难道我要当你们的电灯泡，看你们秀恩爱啊！”

我心中有团火，那火因我而日渐衰落。我觉得惭愧，觉得时间是可怕的东西。我的懦弱，我的放纵，导致赵倩倩水滴石穿似的腐蚀了我和陈阳之间的感情。曾经豪言壮语把我和她的友情看得很重要的陈阳，开始为了另一份友情回避我。

我吸了口气，对陈阳说：“我要和倩倩分手。”

陈阳愣了愣，半晌才回过神来，目光炯炯地注视着我，惊讶地问：“是你移情别恋了还是倩倩移情别恋了？”

“都没有。”我别过脸，不忍直视她咄咄逼人的目光。若说钟情于陈阳算移情别恋的话，那就姑且算吧。

陈阳质问：“那为什么分手？”

我想在擦枪走火之前，鸣金收兵，但这种话我无法对陈阳讲。我索性自暴自弃地说：“我不知道，但就是想分。”

“哎！”陈阳叹了口气，蹙着眉头责备我，“连所以然都说不出，你让倩倩怎么接受？”

大脑堵塞了一般，我突然觉得很烦，声音不禁大了起来：“那是她自己的事。”

“杨杰，做人怎么可以这么不负责任！”陈阳显然生气了，使出她的撒手锏，“你要是和她分了，我们也干脆不要做朋友了。”

她一脸认真，但终究不舍吧，声音越来越小，显得很没底气。但再小的声音对我而言都是无比刺耳的，我心里难过得要死。

我气得朝她吼：“陈阳，我们十多年的感情你把它看成什么了？”

“我把它看得很重要。因为重要 ，所以才用来威胁你。”陈阳眼睛红了，吸了口气说，“倩倩是个好女孩，我希望你能珍惜她。”

我忽然觉得自己就是个蠢蛋。最想要的在身边十几年却抓不住，反而越推越远。隔着一个赵倩倩，我再也无法得到陈阳的青睐。

我懊丧地说：“我不分了，你满意了吧？”

我丢下陈阳头也不回地走了。这是我第一次对她发火。事后陈阳向我道了歉，说自己有点过分。虽然和她和好如初，但落在心里的阴影再也无法抹除。

记得佛家有句话叫“由爱故生忧，由爱故生怖，若离于爱者，无忧亦无怖”。还有句“命由己造，相由心生，世间万物皆是化相，心不动，万物皆不动，心不变，万物皆不变”。

我心已动，爱已生，求不得，放不下。心中的那点痴念困扰着我折磨着我，使我无时无刻不在想如何才能与陈阳恢复从前的关系，如何才能摆脱与赵倩倩的关系。

那段时间，我总是做梦，关于陈阳的梦。所有的梦都是关于分离的。

我梦见小时候和她去河边，差点被水冲走；梦见和她去游乐场走散了差点找不到；梦见小学三年级，因为不能做同桌，她在课堂上哇哇大哭。

我梦见了初三那次未完的告白，梦见无数次告白。我正要告诉陈阳我喜欢的人是她，眼前却突然出现赵倩倩的脸……

我很害怕，怕到甚至不敢去学校。可是不去的话，我就见不到她了。我只好硬着头皮，赶鸭子上架。

除了早晚确认一下陈阳的状况，我开始躲着赵倩倩，每天把自己泡在图书馆里，要么在宿舍打游戏。每次赵倩倩打电话给我，我总是忽视掉，要么骗她说有事。

看见我这样对赵倩倩，室友们总是笑我不知足。

“兄弟，珍惜啊！”寝室老大拍着我的肩膀说。

珍惜，珍惜，珍惜。我抗拒着别人的想法，压力山大。

在别人眼里，赵倩倩漂亮温柔，学习好家境好。但喜不喜欢真的不是条件好就能决定的，“珍惜”这个词对我而言活脱脱就是个讽刺。

朝思暮想，几次三番。想着这样下去不是办法，我决定再找陈阳谈一谈。

其实那时候我已经明白，只要赵倩倩在，我和陈阳就不可能在一起。我的天真的毛病又一次犯了，天真地想，虽然没办法摆脱赵倩倩，但时间还长得很，等赵倩倩和我和陈阳间的关系没那么亲密了，再分手再和陈阳在一起也不迟。

到了周六，我约了陈阳去吃饭。

陈阳笑着问我：“鸿门宴吗？”

我调侃回去：“丫头片子，你有什么可图的？”

“无事献殷勤，非奸即盗。”吃货的本质让她本能地兴奋起来，“你今天怎么有心情请客吃饭？”

“因为我想跟你一起吃好吃的，像从前那样——”我特意把“从前那样”四个字说得很重，又春风细雨一般地笑道，“倩倩也会去，我们三个好久没在一起聚会了。”

“哦。”提到赵倩倩，陈阳脸上的表情起了变化。她抿着嘴，似乎在犹豫。

“怎么？你怕见到倩倩？”我调侃着她，一面严加注意着她的脸色。

“怎么可能？”在我的注视下，陈阳很不自在地拍了下我的臂膀，故作爽朗，“说吧，你要请我吃什么？”

“这是个秘密。”我故作神秘地说。

我总觉得在我和赵倩倩接吻之前发生了什么才会导致陈阳一直躲着我和赵倩倩。我虽然好奇，但并不想问，因为我知道就算问了陈阳也未必说。我只要达到我的目的就行。

我订了餐厅，和陈阳一起先一步到达。

我没有告诉赵倩倩正确的时间，而是根据路程根据赵倩倩的习惯，计算好时间差，使她至少比我们晚到半个钟头。

进了餐厅，跟服务生打过照面，选好座，倒好茶。陈阳坐在我的正对面，一手捧着杯子，一手翻着菜单，一脸馋样地从头看到尾。

当腹中的话酝酿好后，我开口说，“陈阳，我最近老做梦，梦见我们两个因为各种原因分开，你不理我我不理你谁也不见谁的那种。”

“是吗？”陈阳笑眯眯地说：“那你高兴吗？”

“高兴个屁啊。”我感觉自己遇上了外星人，“要是你家狗丢了，你高兴得起来吗？”

“不高兴。”她单手支头，咧着嘴笑，“不过你丢了我会很高兴。因为终于没有人诱惑我，我终于可以减肥了，哈哈。”

我一脸嫌弃地看着她：“像你这么没良心，一辈子都减不下来。”

她不服气地跟我斗嘴：“像你这么没水平的诅咒，永远不可能实现。”

我无所谓地摊手：“算了，我还是不诅咒你了。上次背你，差点没把我腰压断，我得给我的腰留条活路，免得下次被你压死。”

我和她老这样，说是谈正事，但谈着谈着往往跑题跑到马纳利亚海沟。不过人最重要的是开心，只要跟她在一块儿，即便什么也不说，也是快乐的。

“我现在就拍死你。”陈阳拿着菜单就要拍我。我见势急忙抓住，与她展开一场争夺战。争了有两分钟，赵倩倩的声音忽然传了过来：“你们两个别闹了。”

赵倩倩盈盈款款地走过来。见状，陈阳仿佛找到盟友，指着我，恶人先告状：“倩倩他欺负我。”

亲昵的语气，让我迅速明白问题不是出在陈阳和赵倩倩之间——到底出在哪里呢？我脑子里乱得很，因为根本不知道发生了什么，我哪一点做错了才会变成这样。

“你们两个真的跟小孩一样。”

陈阳挪挪屁股，把我对面的位置让给了赵倩倩。几天不见，赵倩倩依旧关系未淡似的，很自来熟地坐下来。她笑着对陈阳说：“今天杨杰请客吃饭。吃人嘴短，你就让让他嘛。”

陈阳秒回：“他不是人！”

判断出赵倩倩根本不知道我跟陈阳说的要和她分手的事，我跟着回：“所以你嘴巴很长，猪嘴——猪！”

“你才猪呢。明明是吃人嘴软拿人手短好吗？”

“所以你是猩猩？”

“哼！我不要理你了。”说不过我的陈阳朝我做了个打脸的动作，低头看菜单去了。

“不说就不说。”我侧过脸故意不看她，一面忍不住扬起嘴角。

点菜，上菜，吃菜，回归正题。

陈阳一下子安静下来。虽然在说笑，但不是和我；虽然也和我说话，但明显比刚才少了很多。

那一瞬，我意识到问题不是出在我和赵倩倩之间，也不是出在陈阳和赵倩倩之间。是陈阳顾忌着赵倩倩，可能是怕她吃醋，所以才变成这样。

我有点烦赵倩倩，一直都在犹豫要不要挪一下位置，坐到陈阳对面。因为我现在看赵倩倩总觉得别扭。

整个饭局，我都在纠结中度过。我感觉陈阳也在纠结，平时她吃东西都是狼吞虎咽大快朵颐，现在吃了一点点就停下来。

我问她："菜不好吃吗？"

她答："蛮好吃的。"

"那你怎么不吃？"

"我吃饱了。"

我往她碗里夹着菜，说："再吃点，反正你已经胖了，再胖点也无所谓。"

"讨嫌！"吃货的本能让她忍不住又吃了几口。吃完了，她拿纸巾擦了擦嘴，笑呵呵地说："我有事先走了，拜拜。"

"别走啊。"见她提包站起，我拦住她。我看着赵倩倩，就像一无所知一样对她说："倩倩，你说说陈阳，她现在怎么像躲瘟疫似的，生怕跟我们在一起。"

赵倩倩的脸色有点不自然，却还是一副知心好友的样子："陈阳有事，你就让她走吧。"

我感觉陈阳的脸色也有点不自然，似乎僵了一下。她不住地点头：

“对啊，就让我先走吧，我真有事，你们两个玩吧。”

我拽住她，问道：“什么事？”

陈阳显然没想好，支支吾吾地说：“我约了人吃饭。”

我质疑道：“你不是刚说自己吃饱了吗？”

陈阳的声音有点虚：“地方有点远，等我赶到就又饿了。”

我说：“你让那人过来吧，我们正好凑单。”

陈阳没有再说话。她咬了咬嘴，片刻后说：“算了，我跟她打个电话说不去了。”

我“嗯”了一声。

我知道她在骗我，陈阳每次撒谎，眼神都会瞥向一边不敢直视。但我没有拆穿，因为我达到了自己的目的。

陈阳起身说去卫生间打电话，赵倩倩也说去。两个人相携着一起离开座位。过了有十多分钟，两个人又一起回来。

我故意当着赵倩倩的面，将酝酿了很久的话说出来：“陈阳，我也不知道怎么回事。我们三个现在一碰面，你老是走，就像躲人似的。你是不是怕倩倩吃醋啊？倩倩这么大方的人，会吃你的醋吗？”

我就是要让赵倩倩知道，陈阳在我心中的重要性。我就是要让她知道，我和她永远不可能撇下陈阳。

陈阳嘻嘻哈哈地说：“因为我事多嘛。”

我忍不住吐槽：“事儿精。”

她一脸无所谓地说："我这是为你们创造约会的机会啊。放我这么大一个电灯泡在身边，你们好意思吗？"

见她把问题抛给了我和赵倩倩。我正中下怀，说："有什么不好意思的？我们不是说好要三个人一直在一起的吗？"

我一脸无谓地看向赵倩倩。赵倩倩在公共场合总会表现得极淑女极大度，我知道我能得到自己想要的答案，但因为结果难以掌控，又有点忐忑。

赵倩倩似在出神，半晌反应过来："是啊，没什么不好意思的。"虽然她的语气听上去心不甘情不愿的，但总比直接反对强。

"可是我会不好意思。"陈阳郑重其事，又带着一丝妥协，"算了，不如这样。逢双你们两个在一起，逢单我们三个在一起。"

"好啊。"赵倩倩抿嘴笑着，表示同意。

想了想，这可能是迄今为止最好的解决方案，我也跟着同意了。我举起杯子，看了看赵倩倩，视线定格在陈阳身上，"希望我们还能像从前那样玩。"

我和陈阳和赵倩倩，就这样过着双号双人行单号三人行的生活。

因为要上课，赵倩倩来找我并不是很频繁，而且是随机的。不过似乎是为了证明自己不是那么小心眼的人，所以即便到了双号，赵倩倩依然坚持三人行。

我觉得我和赵倩倩的情侣关系似乎淡化了，不过这种淡化并没有让我变开心。因为陈阳又开始找人谈恋爱了，就像上瘾似的。约定被束之高阁，我滚烫的心像被人泼了凉水。

不过还好，我和赵倩倩除了接吻，什么都没发生，陈阳和她的男朋友也什么都没有发生。一切还算柏拉图式的，我觉得还有机会。

直到那天赵倩倩过生日。

第五卷

我全部的人生只是一次失去

像一条鱼儿游进了网，像一只鸟儿被砍了翅膀，我全部的人生只是一次失去，如果成长只是一次失去……

Level 15

违心的爱

赵倩倩生日那晚找我去吃饭，她是亲自到我的宿舍。男生宿舍不像女生宿舍，楼管的大叔对女生进男生宿舍这事，大都是睁一只眼闭一只眼的。

我记得她那天特地精心打扮过一番，但具体她穿了什么颜色什么款式的衣服已经想不起来了，只记得老二问她穿的是什么牌子，她说是香奈儿。

她打扮得很漂亮，清纯中带着性感，又喷了香水，瞬间给我们那间有点邋遢的寝室带来一阵清新感。

拿了她手信的室友全部起哄说要撬我墙脚。她在一旁一直抿着嘴笑，完全是温文尔雅的淑女样。

这是赵倩倩的十八岁生日，身为她的男朋友，不去参加实在有些离谱，于是我只得不大情愿地去了。出寝室楼大门的时候，想起那天是单号是三人行的日子，于是我对赵倩倩说："我去叫上陈阳，我们仨儿一起庆祝。"

那晚天黑得早，也没有星星月亮点缀，宿舍大门虽然有灯却仍然昏暗。赵倩倩拽住我的袖子，我有点看不清她的脸色，但听语气，她显然是有点排斥的："我想和你两个人。"

我当然明白她是什么意思，但还是装糊涂："人太少，嗨不起来。"

赵倩倩攥着我的袖子的手紧了紧："我就想安安静静地跟你吃个饭，难道不行吗？"

她脸色有点冷，悲伤和寂寞感从眉眼间流露出来。我想她一定有什么伤心的事，怕雪上加霜更让她难过，于是点了点头，迟疑道："那——那好吧。"

走了没多远，天突然下起了雨。我跟赵倩倩说要回宿舍拿把伞。

赵倩倩牵过我的手，举了举手中的伞："我带了，我们撑一把就行。"

雨并不算大，加上有点犯懒，我便没有拒绝。

我撑着赵倩倩的伞，举在我和赵倩倩的头顶。我想起以前和陈阳，同样是我撑着伞，两人在雨中漫步。雨中的我们肆无忌惮地说笑，温馨又逗趣。

我不禁对赵倩倩感叹道："以前也是下雨。我跟你讲，你觉不觉得陈阳整个人特迷糊？以前有一次下雨，我跟她……"

赵倩倩打断了我的话，语带不爽："你没有跟我说'生日快乐'。"

我有点兴味索然，又有点不好意思："哦。抱歉，祝你生日快乐。"

"谢谢。"

赵倩倩没有再说话，前所未有的沉默寡言。我也没有再开口，只觉得雨仿佛是我和陈阳的黏合剂，是和赵倩倩的隔墙。

我和赵倩倩一起出了学校大门，打出租车到了餐厅。

餐桌上只有我们两个人。红酒烛光，浪漫极了，只是配上赵倩倩无言的表现，我感到前所未有的压抑和尴尬，同时心境似被她所染，又觉特别孤独。幸好，还有人打电话送来祝福，气氛才得以缓解。

我送了赵倩倩一件有她名字和祝福语的植物盆景，她很高兴。为此喝了不少酒，我也喝了不少酒。

等吃完饭，夜更深了。赵倩倩的学校离饭店有一定距离，赶回去估计宿舍都已经关门了，于是我便带着她找了家宾馆暂住下。

我发现，每次做重大选择的时候，我都是个活脱脱的蠢蛋，智商严重欠费停机。不，不止蠢，我还优柔寡断，不懂拒绝。

一切就像剧本那么巧，前台告诉我们标准间没有了。我打算换一家，赵倩倩却坐在大堂沙发上，闭着眼晕晕乎乎地说："我好累，头晕，我们就在这家吧。"

我也有点头晕，于是点点头，在这家开了间大床房。刚进房间的时候，我说："我睡地上，我不会对你做什么。"

赵倩倩点头："嗯。"

我拿了床被子睡在地上。地上很硬，铺了地毯还是硬。我一直没睡着，这是我第一次和女生睡一个房间。

我胡思乱想着，满脑子都是陈阳。到了后半夜，困劲和酒劲一起涌上来，就在我快要睡着的时候，赵倩倩的手从后面伸进衣服里抱住了我。

她的声音温柔蛊惑："你要我吗？"

我瞬间清醒了，下面也瞬间清醒了。

我咬咬牙拿开她的手，眉头紧蹙："我不要，你快睡觉吧。"

赵倩倩并没有听我的话，反倒贴得更紧。她一点点把我转到和她面对面，然后开始埋首吻我的嘴、脖子、胸。

都说男人是下半身思考的动物，这世界上或许真有坐怀不乱的君子，但显然不是我。在赵倩倩的不停勾引下，我终于把持不住。那一刻，我脑中闪过陈阳的脸，心中满满的负罪感。

不得不说，我要和赵倩倩分手、陈阳说的那番话，对我造成了很深的影响。虽然，我总是鼓励自己去乐观地想和陈阳的美好未来，但内心深处，我总觉得陈阳不会和我在一起，失落感似蛇一般地在我心里爬啊爬。

欲念、好奇心及失落感战胜了我的理智和负罪感，大脑紧绷着的一根弦断了似的。我也不知道到底发生了什么，大概是本能吧。不知不觉中，我尝到禁果的味道。

我是第一次，赵倩倩不是。

完了以后，赵倩倩在我怀里睡着了，我也睡了。第二天早上醒来的时候，赵倩倩还枕着我的胳膊。

彻底清醒的我，也彻底蒙了，脑中成了一座垃圾场，杂乱不堪，想收拾都无从下手。

我的第一反应竟然是我对不起陈阳，虽然她不是我的。我不想让她知道这件事，我害怕她知道这件事以后不理我。

我正胡思乱想着，赵倩倩也醒了。她的胳膊搭在我的胸口上，抱着我羞涩地问："我不是第一次，你介意吗？"

我迷迷糊糊地应答着："不介意。"满脑子都在想如何不让陈阳知道这件事，根本没在意她说的是什么。

赵倩倩还想和我做，被我拒绝了。

"好吧。"她温顺地妥协，吻了吻我，起身去了卫生间。水哗啦啦地响，我躺在床上只觉得昨晚好像一场梦。

我多希望梦醒了，我还是那个单纯喜欢陈阳的我，我还是那个可以和陈阳手牵着手、没有认识赵倩倩前的我。

赵倩倩的第一次在初三毕业的暑假给了她那时的男朋友，后来他们分手了。

首次听赵倩倩谈起自己的感情，我的心情有点复杂。我忽然觉得她和我同病相怜，不，她更可怜一点。她的初恋男友只是喜欢她的钱，并没有多喜欢她，我同样也对她没多少爱情的成分。

赵倩倩喜欢着不爱她的我，我爱着不爱我的陈阳。

洗完澡，我们一起收拾好房间才离开。有了肌肤之亲，赵倩倩变得更加黏我，走的时候，她很自然地挽住了我的胳膊。

我送她回到学校，她依依不舍地和我告别，并约好了下周再去看我。我点点头，目送她离开后，也转身离去，不带一丝犹豫。

Level 16

大学趣事

我在宿舍一直睡到下午，直到陈阳叫我和她一起吃晚饭。

吃着吃着，我忽然想起昨晚的事。我反复斟酌着该怎样处理。事情已经发生了，总有一天会捅出来。

我越想越觉得心烦意乱。

正想着，忽然听见陈阳叫我：“你怎么不吃了？”

我故意装出轻松的样子，和以前那样耍贫嘴：“你个没良心的，没发现我这是省给你吃吗？”

“胡说九道。”她好奇而关切地看着我，“有心事啊？”

我心底一沉，却还是坚决地摇了摇头，装作满不在意地笑道：“我一大老爷们的，能有什么心事？”

她冲我做了个鬼脸，夹了金枪鱼紫菜包饭喂给我。我正要张嘴，却见她迅速塞进自己嘴里。

恶作剧得逞，她眉开眼笑："唔，真好吃。"

我也跟着笑了笑，心中的阴霾受她的快乐所感染，驱散了一些。现在的我感觉自己和她之间多了层窗户纸，我怕看到她难过的样子，更怕看到那张纸捅破之后，她依然在笑、一脸无所谓的样子。

陈阳又吃了一口包饭，说："你今天和平时有点不一样。"

我内心登时慌乱起来，故作镇定地反问她："有啥不一样？"我琢磨着：她看出什么来了？还是赵倩倩跟她说了？

她嘻嘻一笑，说："你今天特别脑残啊！"

我松了口气，做贼心虚地反驳："你才脑残呢。"

"哦对了，昨天是赵倩倩的生日。我打你们的电话怎么都没人接啊？"

我登时脑子一片空白，支支吾吾地打着哈哈："啊，那个，应该是手机没电了吧？"

"两个人同时没电？好奇怪啊你们。"

见陈阳咬着勺子盯着我看，我心里更乱了："巧合，巧合而已。"好奇怪，我出宿舍前手机电量明明满格，赵倩倩的手机也一直开着。

陈阳没有追根究底："嗯，下次出门记得带充电器。"

我心虚地点了点头。

饭吃完后，陈阳从包里拿出一个包装精美的红色小盒，递给我："你俩这对儿重色轻友的，白瞎我准备礼物了。你替我转交给她吧。"

"你自己送吧。"我心里升起一股罪恶感，懊悔和排斥兼而有之。

但怕赵倩倩借机告诉陈阳昨晚的事，忙改口："算了，还是我送吧。"

其实想想自己蛮傻的。若赵倩倩真要告诉她，我怎么可能拦得住。幸好，赵倩倩没有说，我也没有说。这件事就像翻书一样，就这么过去了。

虽然和赵倩倩发生了关系，但我丝毫没觉得和她的距离拉近了。加上本来和赵倩倩就不在一所学校，所以也没过多地黏在一起。倒是我和陈阳，由于在一个系，每天都能见到。

没有赵倩倩的日子，我还像从前那样和陈阳相处，嘻嘻笑笑，快乐无边。只是心里突然多了个黑洞，常常不经意间将快乐吸走。

我懊悔自己做了错事，懊悔身体上的背叛。可是有什么用呢？一切发生了，无法更改。我没有时光机，没有后悔药，所有后果都只能由我自己承受。

就这么患得患失地过了一个多月。

这个月我没有给陈阳送玫瑰花，也没有送诗。因为我觉得自己对不起她，已经配不上她了。

陈阳觉得很奇怪，还跟我嘟哝："好奇怪，那人是不是出了什么意外？"

我涩涩地撒着谎："可能是找到了更心仪的女孩子了吧。"

陈阳本不相信，但连看了好多新闻，也没听说学校包括别的学校有人出事，只好叹了叹气，落寞地说："难道这世界就没有我想要的爱情吗？那种包容理解、一心一意的爱情。"

我也不知道该怎么回答她。我想跟她说有的，你这么好的女孩子，总有一天会遇上的。可连我自己都这么差劲，我没办法给其他男孩子打包票。

我什么都没说，只是摸了摸她的头，希望能给予她安慰。独自一个人的时候，我哭了，哭得极伤心，哭着哭着我又觉得自己很可笑，忍不住又想笑。就这样，我神经失调似的，又哭又笑了很久很久。

除此之外，这个月还发生了两件重要的事。一件是学校校庆，陈阳要在会上演《牡丹亭》里的丫鬟春香。另一件是有人在女生宿舍楼下摆心形的蜡烛向陈阳表白，还找了几个哥们拿着喇叭拉着横幅加油助威。

先说演春香这事吧。前面说过，陈阳唱歌像鬼哭，唱戏也一样，只是形象比较符合春香这个角色，又有点演戏的潜力，戏剧团的人便决定让她来演。团长计划着到时让她假唱，但平时还是要练，免得口型对不上。

于是我就成了听众。

回归理性的我本打算让陈阳找别人，但陈阳说她的室友说别人唱歌要钱她唱歌要命，我承受力最强，只好找我。

"我知道我唱得不好。不过看在多年朋友的分上，你就当成一种残缺的美吧。"

她真诚明亮的笑容，差点把我感动到把她五音不全、没有美感的嗓音美化到邓丽君的程度。我甚至忍不住安慰她："也没多难听，只是你不懂技巧，多练练就好。”

这话一出，陈阳立马把我当知己，居然还得意扬扬了起来：“我就说嘛，还是你有欣赏水平。”

“那是。”我往自己脸上贴金。贴完我就后悔了，陈阳开嗓的那一刻，我更是差点崩溃。

“小春香，一种在人奴上。画阁里从娇养，伺娘行，弄朱调粉，贴翠拈花，惯向妆台傍。陪他理绣床，陪他烧夜香，小苗条吃的是夫人杖。”

她一遍又一遍地唱词，仿佛蚊子嗡嗡，又仿佛指甲挠玻璃。我没怎么喝水，却焦躁得忍不住老想上厕所。

“这是个错误，美丽的错误。”在两只耳朵饱受摧残之后，我忍不住吐槽，“我忽然发现了个神话里的真相——水手根本不是被塞壬美妙的歌声迷惑。实际上，塞壬唱歌很难听，水手们不得不捂住耳朵。因为腾不出手去握舵盘，所以船才会触礁沉没。”

“有道理！”她笑眯眯地说，“所以我决定把你虐成崩溃的水手。”

陈阳知难而上，厚着脸皮继续在我面前练习。

你能想象到我被她满校园追着乃至回家了还是躲不过她魔音的情景吗？我一次又一次地求她：“陈阳，不是我打击你。你真的不适合唱戏，你唱歌都比唱戏好听。求求你放我一马，让我耳朵清净一下行吗？”

“不行。”她厚颜无耻地大言不惭，“谁让你是我哥们来着？我这么讲义气的人，当然要多给你点福利。”

…………

有句话叫“底线是用来突破的”。

不得不说，虽然陈阳唱功实在不敢恭维，但动作表情经过调教练习后，一次比一次到位。次数多了，我竟然真的被洗脑了，觉得她演得还蛮好看，唱得也蛮好听。当校庆活动上，团长把配音带搞坏了，只好放她真唱、一群人被吓坏的时候，就我一个人鼓掌鼓得最厉害。

接着说陈阳被人告白的事。那男的之前就一直在追她。

起因是一次歌唱比赛。当别的女生在台上唱《甜蜜蜜》《挥着翅膀的女孩》《我心永恒》的时候，陈阳却在唱《大河向东流》。

起初陈阳选歌，跟我说她这是另辟蹊径，我不以为然。她唱歌不好听，再另辟蹊径也没用。

为了给她暖场，我特意找了一群小伙伴来加油。结果，不知道是受气氛影响还是人的从众心理，那男的竟然跟着欢呼起来，不停地给她喝彩，乃至下了场还当面把她狂赞了一番。

陈阳当时很高兴，跟我说终于遇上懂欣赏的人了。我嘲笑说那人审美扭曲，她还不服气。结果事实证明，我的判断非常正确。那人不仅像个脑残粉一样花重金去买有陈阳签名的参考书，还像跟踪狂似的，不管上课下课还是参加活动，无时无刻不出现在陈阳周围。

陈阳和一般的女生不太一样，她是个很有勇气的人。以前在公交车上遇到流氓，她没有叫也没有躲，而是直接给了流氓一巴掌。

当觉得那男的干扰到她的正常生活之后，陈阳很果断地跟他说：“麻烦你不要出现在我周围了，我不喜欢。”

男追女隔座山，女追男隔层纱。那男的大概觉得陈阳在跟他玩欲擒故纵的游戏，就说：“可能一开始你还不太习惯身边有我，但时间长了你就习惯了。”

陈阳说：“我有男朋友。”

那男的满不在意：“没关系，我可以一直等，等到你们分手。”

陈阳翻白眼：“我是颜控。”

那男的更无所谓了：“我可以整容。”

陈阳语塞，只能一个劲地贬低自己：“我性格很差劲。”

那男的说：“我就喜欢你这样有个性的。”

“……我智商低，会影响到你的生活质量。”

“傻人有傻福。”

陈阳终于忍无可忍地咆哮：“学校有那么多美女你不喜欢，为什么偏偏喜欢我？”

“喜欢一个人不需要理由。”那男的做出一脸含情脉脉的深情模样，“如果非要理由的话，那就是你在台上的那份自信深深打动了我。我有生以来第一次觉得一个人可以什么都没有，但就是不能没有自信。只要有自信，就一定能得到别人的认同。”

陈阳彻底服了！

陈阳让我帮她收了这妖怪。其实我很佩服那男的的勇气，虽然他老在陈阳身边晃来晃去，十分招人烦。

为了对付他，我开始想主意。和室友合计之后，我决定冒充陈阳的男朋友（陈阳和男友分手了）。我向陈阳说出这个决定的时候，陈阳并没有很乐意，她有些为难地跟我说："这不太好吧？毕竟你是倩倩的男朋友啊。"

"有什么不好的？倩倩才不会吃你的醋呢。"我拍了拍胸口，"何况我是你哥们，你觉得我像是那种重色轻友的人吗？"

陈阳见我如此诚意拳拳，便没再拒绝了。

于是，我以男朋友的名义警告那男的离陈阳远一点。可我万万没想到，他竟然对我说："我找师傅给你俩算过了，你俩有缘无分。"

那一瞬，我诧异至极，心像爆胎一样蔫了下去。回过神，我气笑了。我问他："那你俩呢？"

他答："我俩天作之合。"

我真想一脚踹过去。为了跟他对抗，我也成了神经病人。

他想坐在教室里偷看陈阳，我就跟人围成一堵墙挡住他视线；他带了四个哥们在陈阳的演讲比赛上加油，我就带五个，把他们的掌声全盖住；他给陈阳送情书，我就把它贴到学校公告栏上；他送玫瑰花，我就把花做成花酱，给陈阳做鲜花饼吃。

到最后，我觉得我输了。也许应了那句话，"成功的关键，一是坚持，二是脸皮厚，三是坚持脸皮厚"。见他始终如真的勇士般一往无前，我钦佩之至。我突然很想看一下他追陈阳到底是什么结果，因为我从来没有见过一个人能像他这样死缠烂打。

不过陈阳跟我完全不一个想法。因为追得太猛，陈阳很反感，看到那男的就转身走，能躲则躲。这次见他在公共场合搞得尽人皆知，更是连楼都没下，对外面的叫喊声充耳不闻。她一直在寝室里跟我通电话，东拉西扯。

谈着谈着，谈到那男的身上，她说："你看，爱情里面持之以恒是没有用的，不喜欢就是不喜欢。"

陈阳称那男的是在利用舆论进行情感绑架，于是就任由室友给那人泼冷水，浇成落汤鸡。

"这次他该心凉了吧？"我想，又觉得有点可惜。因为我再也不能以她男朋友的名义，张狂地出现在她的周围了。

事实上，确实如此。人承受得起失败，但承受不起羞辱，屡败屡战听上去不过是很美的传说。

当时我心里是有点庆幸的。因为我觉得虽然我和她交往的机会渺茫，但起码还可以陪着她，和她做朋友。起码她不会像拒绝其他男生一样将我拒之千里。

Level 17

绝望的泪

《阿甘正传》上有句台词："生活就像一盒巧克力，你永远不知道会得到什么。"我和陈阳一样不吃巧克力，同样也不知道接下来会发生什么。

但我总有一丝预感。我感觉自己给自己挖了个大坑往里跳，非常不美好。我希望我能侥幸逃过，但纸永远包不住火，该来的总是要来。

一个周六下午，我宅在家里看《色戒》。

那段时间，我不停地看各种有关爱情的电影，《庐山恋》《伊豆的舞女》《巴黎圣母院》《罗马假日》《奥赛罗》《剪刀手爱德华》……乃至《霸王别姬》《暹罗之恋》。

我把自己代入故事男主角，情到深处，差点潸然落泪。

看得正嗨，门铃响了。

陈阳跑到我家里来了。我打开门，看到她满脸都是泪，眼睛红肿，鼻子也红通通。这是我第一次见到她这样哭，突然慌了，一时不知道该怎么办，忙关切地问道："怎么了？"

陈阳不说话，一直不停地哭。

我无比心疼，急忙把她拉进屋子按到沙发上，给她倒了杯水。不知是不是我的错觉，被我碰到的时候，她似乎抖了一下。

我有点在意，再次问她："到底怎么了？"

她还是不说话。

我快急疯了，忍不住大声说："你是不是被人欺负了？说，是不是有人欺负你？"

她还是不说。

我只能干瞪着眼，坐在一旁无奈地看她哭，顺便给她递纸巾。

我设想了种种可能。她出事了，她家里出事了，她的朋友出事了，她养的狗出事了。她什么都不说，我只能胡乱地猜，越猜越不知道该如何提及该如何安慰。

我家的猫被她吸引了过来，"喵喵"叫着，蹭着她的腿，似乎在安慰她。她把猫抱在腿上，一边摸着它的被毛，一边紧紧地扁着嘴。

大概过了三十多分钟，陈阳突然抬起头，用一种幽怨又哀伤的眼神看着我："你一定要好好对倩倩。"

我登时只觉得心被剜了一块，生生地疼。我一下子愣住了，好半天才想起问她："为什么突然这么说？"

难道是她发现了什么，或者是赵倩倩告诉她了？

陈阳一边抽泣一边说："你知道我今天上午做什么去了吗？"

我愣愣地摇头。

她的嘴扁起来，放声大哭："我陪倩倩做人流去了，她和你的孩子！"她断断续续地重复着，"杨杰，你和倩倩有孩子了！它死了！"

震惊，愧疚，懊悔，一下子涌上来，我觉得自己就像犯下了天大的错、罪大恶极的罪人，罪行曝光，被抓起来后只觉得天塌地陷。我仿佛被人扒光了衣服并掐住了脖子，我感到羞耻，喘不过气，大脑一片空白，胸口也闷闷的像被人打了一拳。

我不知道该如何回应她。几秒后，我深吸了几口气，问她："你说什么？"我希望是自己听错了，一切都是幻觉。我甚至真的傻乎乎地掐了自己一下，发现真的很疼，一切都是真的！

"我陪——'陈阳努力控制着情绪，顿了几秒钟，觉得差不多了，一字一句地说，"我陪倩倩做人流去了。"

陈阳抬起头啜泣："倩倩昨晚给我打电话，说让我明天上午陪她去医院。我以为她只是感冒生病了，结果今天去了才知道她是要做人流。她嘱咐我不要告诉你，可是我还是没忍住……"

她话没说完，就又哭上了。我想安慰她，却不知道该怎么安慰。

我现在整个人已经傻掉了，我没想到只一次就对赵倩倩造成那么大的伤害，我没想到只一次就——现在回想起那一刻，我脑子里还是一片混乱。

猫跑掉了，客厅里只剩下了我和她。我六神无主地呆坐着，陈阳在一旁断断续续地诉说着整个过程。

陈阳说她上午陪着赵倩倩做人流，她看着赵倩倩被护士扶着躺到床上，那种下面有洞的床。赵倩倩很害怕，手一直在抖。

陈阳想握着赵倩倩的手让她冷静下来，护士却将她赶了出去。赵倩倩没多久就出来了，她却觉得时间好长好长，好像过了一整天那么长。

赵倩倩出来以后就开始哭，一直不停地哭。她抱着陈阳哭着说："我的孩子没了。"

陈阳听完，心都碎了。她抱着赵倩倩，两人坐在医院的走廊一起哭。

当时有很多人在看她们。她觉得这样不是办法，于是就陪着赵倩倩打车回了寝室。赵倩倩不敢回家，怕她妈骂她，更怕她妈心疼她。

下了出租车，她们才发现赵倩倩的血从裤子里渗出来染到了出租车的座位上。陈阳跟司机师傅说倩倩只是大姨妈来了。她表示要赔师傅钱，师傅却叹了口气说："算了，你们走吧。"接着又叹了口气。

那叹息就像利刃一样，不止戳在赵倩倩心上，连陈阳自己也崩溃了。

因为是周六，赵倩倩的室友都回家了。陈阳想在寝室里照顾她一下，可赵倩倩却拒绝了："你走吧，让我一个人静一静。"

陈阳说赵倩倩说话的时候不带哭腔，可是眼泪却不停地从眼睛里涌出来，她的眼神就像死过一次一样。陈阳问赵倩倩疼不疼，疼就说出来。赵倩倩只是哭，一句话也不说。

"杨杰你一定要对倩倩好好的，你一定不能对不起她，你一定要和她过一辈子，毕业以后生个健康的孩子。"

陈阳哭了好久，说了好多，好像比之前十二年说的话都多。不是更多，是更深。我从来不知道她竟有如此多的想法，我被她开朗乐观的外表骗了。

她哭着，说着；我听着，沉默着。

我不敢说话。我没资格说什么。我心疼赵倩倩，更心疼陈阳。

我觉得她这辈子都不可能爱我了。我想抱抱她，揽着她靠在我的肩上，我想替她擦眼泪，告诉她其实一切没那么巧，之所以我们一直在一个学校，不是因为缘分而是人为的。

我想把一切都告诉她。我想说一切本来不该是这个样子的，该在一起的人不是我和赵倩倩，而是我和她。我想告诉她我爱她爱了十二年，可是我不能。因为她上午刚刚陪了赵倩倩去做人流，流掉了我和赵倩倩的孩子。

我清了清嗓子，说："别哭了，我送你回家。这么晚不回家叔叔阿姨又该埋怨我了。"

陈阳木讷地坐着，动也不动。

我继续说："送你回家之后我就去找倩倩。"

我想碰触她，手伸出去了又缩回来。我好害怕，因为我意识到她刚才抖的那一下不是我的错觉。她开始躲避我了，或者说是排斥我了。

心仿佛在被千刀万剐，我痛苦地闭上眼："我一定会好好对她，你放心吧。"

Level 18

沉重的责任

送陈阳回家以后，我开始往赵倩倩学校的方向走。天黑了，万家灯火，一路车水马龙，川流不息。我独自在街上，心情差到极点。

不知道是想晚点见到赵倩倩还是想清醒清醒，我没坐地铁而是选择走路。

走路要两个多小时。那时候的我还不会抽烟，但不知道为什么我特别想抽。可能是想找种途径发泄？

于是经过杂货店时，我买了烟和打火机。

走累的我坐在路边花坛上，点上了人生中的第一根烟。呛人的味道，呛得我咳嗽起来。我想哭，但是哭不出来，难过得我只想吐。

我蹲在路边干呕，很多人从我身边走过。他们用奇怪的眼神看着我，仿佛我是一只滑稽的猴子。我可能就是一只猴子吧，一只被老天爷玩弄的猴子。

我到了赵倩倩的宿舍楼下。我没有给她打电话，而是跟宿管大妈说我是赵倩倩的堂哥，赵倩倩给我打电话说她发烧了，我来接她回家。

大妈很爽快地让我进去了。

到了赵倩倩的寝室门口，我站了十多分钟，终于鼓起巨大的勇气敲了敲门。然后我看到了赵倩倩的脸。

我一天内看到了两张脸。陈阳的脸，赵倩倩的脸，每一张都伤心欲绝，憔悴不堪。我忽然发现自己特矫情，有爱不敢追的是我，不懂拒绝的是我，到手了不珍惜的是我，整天郁郁寡欢像被人生强 X 了的还是我。

我发现自己和女生口中的渣男一个样儿，自私自利，对女友漠不关心，管不住下半体。

“是该负责任了。”我看着赵倩倩的脸，有些心疼。虽然我不爱她，但毕竟相处了四年。

进去以后我开始帮她收拾东西。我不敢看她，低着头说：“我陪你到酒店住一个月，要不然你的身体会受不了的。”

大概明白了陈阳已经把事情都告诉了我，赵倩倩没有说话，只是沉默而乖巧地跟着我。直到进了酒店的房间门，她才趴在床上号啕大哭起来：“这是我的第一个孩子，他就这么没了。”

人的感情真是奇怪。明明最受伤的是赵倩倩，但因为不爱，便能做到冷静处之。我拍着她的背低声安慰她：“孩子以后还会有的，我们毕业就结婚。”

其实那时候我满脑子都在想，既然那么在乎，为什么还要打掉呢？

如果没打掉，而是直接找到我，陈阳也许就不会那么伤心了。也许这会是个喜闻乐见的喜剧。我和赵倩倩结了婚有了孩子，陈阳笑着祝福我们百年好合。

同样的问题，却因赵倩倩的处理方式变得截然不同。

显然，没料到我会这么说，赵倩倩瞳孔微扩，吃惊地看着我，一言不发。但从表情上看，她显然是高兴的。她让我抱着她睡，我抱了。

我的胳膊承载着她头部的重量，一夜无眠。

第二天，我和赵倩倩分别向学校请了一个月的假。

在酒店这一个月，我本来已做好了承受赵倩倩一切发泄、歇斯底里等举动的准备，哪怕是打我辱骂我，但是她没有。她只是很温柔地待我，轻声细语。

她是病人，但常反过来变成她来照顾我。她给我洗水果，洗袜子内裤，我有些不好意思，对她说我来洗，她还是趁我不注意的时候动手了。每次我从外面买了饭回来，一起吃的时候，赵倩倩总是把我爱吃的夹给我，尽管她也喜欢。

酒店不需要她收拾，所以她把心思放在了美化上。她网购了鲜花和花瓶，把我送的盆景也拿过来，还种起了多肉植物和碗莲，虽然到最后多肉死掉了，碗莲也没有发芽。

她给我计划着未来。她说她要买 Carry Ring 的戒指，她要穿 Vera Wang 的婚纱，她要到斐济岛拍婚纱照，她要给我生一对龙凤胎。她要努力学厨艺，给我做好吃的饭，把家收拾得井井有条，把孩子教育得像

我一样优秀。

她把未来构思得很美好，美好到我都忍不住想去实现它。要不是心中牵挂着陈阳，我想我真的会被赵倩倩感动到跟她结婚，努力去过这样的生活。

“听你的，你开心就好。”我就像一个没有脑子的人，任她摆布。

大概以为自己的情感得到了回应，赵倩倩心情一直很好，看电视看到好笑的梗会笑，看到我也会笑，有时到街上闲逛看到别人的小孩更是开心不已。

起初我以为她真的心情很好，但后来我发现她常在半夜里轻轻抽泣，早晨起来还能在枕头上看到干了的泪痕。

但是她没说，我就装作不知道。

Level 19

男朋友

一个多月没去学校，所以我一整个月都没有看到陈阳。她好像和赵倩倩发过几次短信，却一次都没联系过我。

短信的内容，赵倩倩没有告诉我，我也没好意思问。但我一直忍不住好奇，好奇陈阳究竟对赵倩倩说过什么话，有没有提起我。

赵倩倩休养得差不多了，我就将她送回了学校。离开她的宿舍的时候，我竟然可耻地有种如释重负的感觉，就像终于摆脱她了一样。

我也回了学校。

第一节是全系的大课。我从阶梯教室的后门钻进去，和哥们儿们坐在最后一排。他们调侃着我，我也调侃着他们。我一面和他们瞎胡闹，一面急切地寻找陈阳的身影。

我惊讶地发现，陈阳的身旁，坐了一个男生。那男生背对着我，我看不出那个人到底是谁。

我拿笔点了点室友的胳膊，指着那男生问："那傻 × 是谁？"从来没有一个男生像他这样坐在陈阳身边，哪怕之前她谈过的所有男朋友。

寝室老大惊讶地说："你俩那么好她没跟你说？丫的会计系上届主席。"

我没反应过来，只是本能地对那男的很排斥："他来陪她上课做什么？"

老大朝我翻了个白眼："你傻 × 啊，当然是他们两个谈恋爱了。你这一个月休假是不是连带着把智商也休了？"

"你才把智商休了。"我心里开始泛酸。虽然我根本没资格吃醋，可我就是忍不住给陈阳发了条短信，问她："你旁边那傻 × 是谁？"

陈阳低头看了看手机，扭过头往后看了一下。她看到了我，冲我咧了咧嘴，然后贴在那男的耳边咬耳朵。

课间，陈阳拉着那男的来找我。她笑着介绍："这是我的男朋友黄峰。这是杨杰，认识了十二年的竹马。"

我和黄峰相互冲着对方笑了笑，算是打过照面。我能看出黄峰眼里的敌意，同样地，我也对他充满敌意。雄性交锋，总能迅速捕捉到对方的想法。不过我并不担心，虽然陈阳每次恋爱我都提心吊胆，担心她受伤害或是跟别人爱得死去活来，但每次她都很有分寸，点到即止。

陈阳落落大方地说："杨杰的女朋友也是我的好朋友，改天我们四个一起吃饭吧。"

我们都说好。

陈阳没有再谈赵倩倩，而是说了点别的。我能感觉到她在回避，同样地，我也在回避。

短暂的寒暄后，陈阳和黄峰一起回到了座位上，我也回到了座位上。剩下四十五分钟，我没有听课，而是一直盯着黄峰的后脑勺。我特别想把桌子凳子卸下来砸过去，但也只有想想的份儿，毕竟是公共场合，毕竟陈阳在他旁边，毕竟我还保有理智。

黄峰好像察觉到了我的敌意，不时地摸摸头。我觉得他一定是被我的目光盯得头疼了。

接下来的几个月里，陈阳、我、赵倩倩还有黄峰，我们四个人一起吃了几次饭，逛了几次街，看了几次电影，爬了山，又去了游乐场。表面看我们关系很好，其乐融融的样子，实则各揣心事。

我和黄峰并没有像陈阳期待的那样成为好朋友。我们只在陈阳在的时候说话，私下里虽然住在同一个宿舍楼，但每次遇到都跟睁眼瞎似的，故意无视对方，一句话也不说。

我和赵倩倩仍旧不咸不淡地谈着恋爱。

后来我又和赵倩倩做了几次，懊悔又迷恋。不过吃过头一次的亏，现在每次我都记得戴套了，我不想再让赵倩倩怀孕，我忘不了陈阳哭着跑到我家来的样子。

和赵倩倩做的时候，我特别怕看到她的脸，每次都要她背对着我。我自私地把她幻想成陈阳，也只有这样，心里才会好受点。

陈阳和黄峰一直在谈着。

这次我有点意外，因为时间居然超过了两个月，破了陈阳谈恋爱的记录。

他们的感情似乎很不错。我常在校园里看到他们两个手拉着手你侬我侬地约会。黄峰会毫无预兆地在陈阳脸上啄上一口。而陈阳，会为此脸红，羞涩又甜蜜地笑。

一次从食堂吃完饭回来，路过学校的林荫小路。旁边的草坪上赫然出现陈阳和黄峰的身影。

黄峰背靠着大树坐着，陈阳躺在地上枕着他的腿。他们说说笑笑，看上去是如此亲昵。

黄峰的手不安分地在陈阳身上摸来摸去，她竟照单全收。

当时的我特别想冲过去把黄峰一脚踹飞，把陈阳拉走，骂她要懂自爱。但我没有冲出去，他俩是名正言顺的男女朋友，做什么都与我无关。

我去找了赵倩倩。怀着对自己的厌弃对黄峰的嫉妒对陈阳的痴缠，我狠狠地把她推倒在床上，像娃娃一样摆布。

她一边推开我，一边惊恐地大叫：“你疯啦？”

我这才清醒过来，从她的身上下来，跟她说了声：“抱歉。”

我发现我恨赵倩倩，却又羡慕她。她得到她想要的，我只能苟且将就。

Level 20

爱的释放

我以为可能一切就要这么过了，陈阳一辈子都不会知道我爱她。我会遵守承诺，娶了赵倩倩，她会被我蒙在鼓里，以为自己很幸福。

可是，有时候命运就是喜欢和人们开玩笑。我忘了那天是周六还是周日，好像我和陈阳之间每一件重要的事情都会发生在周末。也对，学生党嘛，只有周六周日才能自在地做些想做的事。

由于爸妈都出差不在家，而且室友们这周末也在寝室，所以我也就没回家，而是留在宿舍和室友们一起开黑打 DOTA。

玩得热火朝天的时候，我的手机响了。起初我以为是赵倩倩打来的，就没搭理。

手机在无人接听的情况下被挂断，紧接着再度响起来。赵倩倩一向很识趣，不像其他女孩子那样黏人，如果我没接，她绝不打第二遍，而是等着我有空的时候给她打过去。

我瞄了一眼手机，一看竟然是陈阳，我飞快地接了起来。

我听见她在电话那边哭。

从小到大，我只见过她哭过四次。第一次是小学三年级向老师抗议不能和我同桌，第二次是初三因为成绩略逊不能再和我同校，第三次是因为赵倩倩怀孕流产。

这是第四次。前三次次次与我有关，到了第四次，我习惯性地想是不是又和我有关系。难道赵倩倩又怀孕了？

我慌了，忙问："怎么了？"

她带着哭腔说："我在你家门口呢，你怎么不在家啊？"

我听后连电脑都来不及关，揣起钱包拿着手机就往外跑，边跑边说："我现在就回去找你，等我，我马上到。"

我身后是室友们的一片骂声。我承认我就是他们说的猪一样的队友，重色轻友，把他们看成蜈蚣的手足，把陈阳看成过冬的衣服。

但我不在乎，我满脑子想的都是陈阳要平平安安，不要出任何事。只要陈阳平安无事，我哪怕一辈子打游戏无法通关都无所谓。

从学校到我家三十分钟的车程，我觉得漫长得要死。我在地铁站里疋跑，已不记得撞了几次人，被骂了几次神经病。

我气喘吁吁地跑到我家楼下，已经是下午五点多了。天空开始变成金色，我在楼下的花坛边看见了陈阳，她的脑袋埋在腿上，身子在微微颤抖。

“陈阳。”我拍了一下她的肩膀。我的心被揪住了，难受得很。

她抬起头，脸上挂着泪痕，牵强地扯出一丝苦笑：“杨杰你总算回来了。”

我心里越发难受，轻轻帮她拭去眼泪：“姑奶奶你别笑了，笑得比哭还难看。”

她不理我，径直往我家里走，我反倒像客人一样跟着她。我焦急难耐地问她：“你怎么了？”见她不说话，忍不住继续追问：“到底怎么了？你说话啊？”

她回头瞪了我一眼，搞得我像做了亏心事似的赶紧闭嘴。

上了楼开了门，陈阳失了魂一样趴在了沙发上。我给她拿了她喜欢的零食，大白兔奶糖、喜之郎果冻、薯片、辣条、牛肉干……

我家的猫又跑了过来，瞪着杏仁眼看着我俩，喵喵地叫着讨吃的。陈阳吸着果冻，半晌才跟我说：“我和黄峰那个了。”她的眼泪流出来，落在了沙发上。

我愣了一下，故作镇定地问道：“不是强迫吧？”

她扁着嘴回答：“不是，是我自愿的。”

“那你哭什么啊？”眼睛有点酸，我扭过头假装去看窗外，“你俩都是成年人了，男欢女爱，人之常情，这种事还用得着告诉我吗？”

陈阳抱着纸巾盒，先是抽了张纸擦眼泪，接着又抽了张擦鼻涕，然后又抽了张擦眼泪：“我是第一次，但是没流血，黄峰说我装处女。”

我听了顿时就火了。我心中的珍宝被他得到就算了，竟然还不珍惜。

我越想越窝火，忍不住咬牙切齿："我要找黄峰好好谈谈。"

我起身就要走，陈阳一把拽住了我，叫嚷道："你还嫌不够乱啊？"

我跟她杠上了，我说："你还来劲了，刚才谁哭得跟死了姥姥似的？咋的？你怕他啊？你怕他我可不怕！"

"谁怕他啊？我就是不想和他再有牵连。"她下巴压在手背上，咬了咬嘴唇，"我哭过了，也想开了。不信就算了，明天我就跟他分手。失去我这么一好姑娘是他的损失，总有一天他会后悔的。"

看陈阳停止了哭泣，一副释然的样子，我确信她真的想开了。

我附和她："对，这种人渣早该分手了。"

我再度起身又要出门，她站了起来警惕地盯着我："你要干吗？"我了解她，她怕我跟黄峰拼命。

"去给你买毓婷。"

她"哦"了一声，放我走了。

我买了毓婷和外卖回家。这时候的她正坐在沙发上闷闷不乐地看电视。我哄着她把药和饭都吃了，然后陪她看电视。

很奇怪，平时我们两个话很多，但是那天都格外沉默。

大概九点的时候，我用试探的语气问陈阳："我送你回家？"

陈阳鼓着腮帮，神色落寞："我跟我爸妈说今天住校不回了。"

我讨好着她："那等一下你睡客房？"

她横了我一眼："你睡客房，我要睡你屋。"

见她终于像平时那样张牙舞爪横行霸道，我心里乐开了花，完全顺从她："好好好，您说了算。陈阳女神光芒万丈，洪福齐天。"

"闪一边去。"她向我投来嫌弃的目光，"耽误老娘看电视，拖出去枪毙。"我很狗腿地装出中枪倒地的样子倒在沙发上，逗得她扑哧一下笑起来。

"杨杰，有你这个哥们真好。"

"那是。"我笑着说，"你说你眼瞎不瞎，有我在身边，还老想着找别人谈恋爱。"

"兔子不吃窝边草嘛。"陈阳像捏方便面一样捏着我家抱枕，咬了咬嘴，"要是跟你恋爱失败，就没人安慰我了。"

我本来想反对来着，想跟她说为什么就一定会失败呢？但想到她今天不高兴，就只挠了挠头傻笑。

十点多的时候，陈阳熬不住，在沙发上坐着睡着了。我摇了摇她试图把她叫醒，结果她睡得跟猪一样熟，于是我就连搀带抱地把她弄我屋里去了。

我把她扔到我的床上，盖好被子，然后坐在床边专心致志地端详着她。

她的脸明朗又安详，虽然眼睛肿肿的。我看着她，心疼的同时，又涌出一股暖意。

这就是爱情吧，不管她变成什么样子，我还是喜欢她，觉得她是最好的。

我以为她睡熟了，伸手摸了摸她的头发。结果她突然睁开眼睛，警惕地瞪着我："干吗？"

我的手缩了回去，心慌意乱，打着呵呵："没干吗。"

陈阳吐槽："你那么大劲儿把我扔床上，你以为我还睡得着吗？我装睡装了半天，你怎么没完没了，还不走是吧？"

"马上走！马上走！"我有点尴尬，挠了挠头，"哎，你知道人吓人吓死人吗？你那眼猛地一睁，真跟诈尸一样。"

她眯起眼睛笑了起来："真的吗？"

我点了点头："嗯。"

我看着她那张脸，那张看了十多年仍百看不厌的脸，只觉得时间仿佛一下子回到了小学一年级，那个扎双马尾辫的姑娘咧着嘴对我说"从今天起你就是我的同桌了，所以你什么都要听我的"的时候。那个时候，我想自己就已经爱上她了，只是当时的我还不懂爱情。

我俯身吻住她的嘴，如蜻蜓点水。这是我第二次吻她。第一次是在初三快结束的时候，有天中午她趴在桌上睡觉，我偷偷在她脸颊上小鸡啄米似的碰了一下，献出了我的初吻。

我愣住了，她也愣了。

我抬起身咳嗽了几声，扭过脸以免尴尬："我去睡客房了。"

我刚要起身，却被她拉住了手。她一句话都不说，就这么拉着我的手。慢慢地，我躺在了她身旁。

我觉得自己应该兴奋才对，但事实上我很紧张。由于我的紧张，最开始我和她只是手拉着手并肩躺着。等到不怎么紧张的时候，我试图转过身抱住了她。

她没有拒绝我，于是我尝试着更进一步，小心翼翼地吻住她的脸，吻住她的唇。

她回应着我的吻。

我们忘情地吻，仿佛要把错过的所有都弥补回来。我们忘情地吻，不需要多赘的语言，一吻便足以表达比山盟海誓还浓烈的情感。

我们忘情地拥抱，忘情地吻，我们没有睡觉，一直吻到第二天天蒙蒙亮。只有吻，没有别的。我舍不得，虽然她和黄峰上床了，但我还是舍不得碰她。

我们说了好多。

我告诉陈阳，我从七岁开始就喜欢上了她，不，是爱上了她。她说我是个傻瓜，才会看不出小时候她也喜欢我。

我说你才傻，记不记得有一天，我让你看我的眼睛。李柔说我看你的时候眼睛里菜刀砍电线火花带闪电，我特意跑去让你看我的眼。结果你说我眼里有屎，你知不知道我当时鼓了多大的勇气想跟你表白，结果你活生生把我想说的话搅没了。

陈阳说你眼睛里本来就有屎。你那绿豆一样大的眼，屎一糊谁看得清啊？

我辩解，明明是绿豆蛙好吗？

陈阳跟我争论："我说是绿豆就是绿豆，你不服打我啊？"

我在她脑门上轻轻弹了一下："好男不跟女斗。"

我继续说，初三时候我偷偷在教室吻了你。

陈阳说我比你早多了，初一。

我说愚人节那次告白并不是在开玩笑，而是认真的。

陈阳说她也是认真的，看到我说骗她，还伤心地哭了。

我说大一军训的那支玫瑰花是我送的。

陈阳说她打扮，甚至不断交男朋友都是想引起我注意，想让我吃醋，然后跟他说我喜欢她。虽然有时候她确实会犯花痴，但心里一直喜欢的都是我。

陈阳还说她把赵倩倩介绍给我当女朋友的时候，特别想让我拒绝，却没想到我竟答应了。她噘了噘嘴，说："你就是个大傻瓜，看不出我的高兴是装出来的。"

我反问："你就不傻啊？就不会告诉她我没答应吗？"

她跟我争执起来："要是我前面说你没答应，后面你跟她说喜欢她，我不就被打脸了吗？"

我说："你就没看出我当时根本不想答应吗？"

我的话戳中了陈阳痛处，她沉寂下来，一脸难过。

这个话题实在太沉重，揭开了就像剥皮一样难受。我跟着沉默着，等她脸色缓和了些，我心情也好了些，我看着她的眼，无比认真："那我们现在在一起好吗？”

她闭着眼，躲开了我的视线：“你答应过我要和倩倩过一辈子的。”

空气瞬间就像结冰了一样，我觉得自己就像被人从天上一脚踹下万丈深渊。我有些恼羞成怒，质问她：“那今晚算什么？”

陈阳语气冷淡：“就把今天晚上当成一个梦吧。梦醒了，我还是你最好的朋友，我还是赵倩倩最好的闺密。”她咬了咬嘴唇，“你和赵倩倩要好好的，你答应过我要一辈子对她好的。”

我不愿相信这是她的真心话。

我紧紧地抱着她，生怕她离开我，从我眼前消失。我用嘴唇封住她的嘴，疯狂地亲吻她，让她不再说话。她一直闭着眼睛就像睡着了一样，什么也不说，却是一脸的倔强。

我多么希望天不要亮，时间就这样永远静止下来，或者干脆是世界末日。这样我就能一直陪着她，一直。可天还是亮了。

我不想如她所言的那样把这个夜晚当成是一场梦，我没办法做到。我爱她，爱了快十三年。用十三年去爱一个人，爱到最后，人往往会变得异常固执。

我很坚决地跟她说：“你给我一个月的时间，我去处理我和倩倩的事情。”被骂人渣也好，被报复也好，我只要和她在一起，一切都无所谓。

她震惊地看着我，慌张地大吼：“你不可以和倩倩分手，你欠着她！”

那一瞬，我仿佛被人刺穿了心脏。我想反驳却无力反驳，赵倩倩因我怀孕堕胎这事成了我躲不开的诅咒。

一个人最幸福的事便是和相爱的人一起幻想未来，可我和她没有未来。我将头仰得高高的，才阻止了眼泪流下来。

接下来是长久的沉默。我躺在床上胡思乱想，不知过了多久，我睡着了。醒来已经到了傍晚，我下意识伸手去摸陈阳，却只摸到了被单。

陈阳不知道什么时候已经走了。

第六卷

放手会不会解脱?
成全有没有出路

想给你“左手写你，右手写爱”的浪漫，想让你爱情和友情都没有为难，那么多年终于说出口的喜欢，你却说爱情里不存在谁先来。

Level 21

分手计划

我开始计划着和赵倩倩分手。

我一直在想怎样说才能将对她的伤害降到最低，自己也能解脱。我知道无论我怎样说，对她而言都是一种伤害。但不快刀斩乱麻，一直拖下去的话，只会伤她更深。早点说，伤口早点愈合。我已经拖得够久的了。

有一天，我终于酝酿好了腹稿，正要开口，赵倩倩却抢先一步："我今天在街上看到一对老夫妇。他们已经很老了，可还是手牵着手有说有笑。路过花店的时候，老先生还买了朵玫瑰插在老奶奶的头发上，那画面真的是好幸福好让人羡慕。要是我跟你老的时候能这样该多好。"

我没有说话，只是心想：我和你不会有未来，陈阳才是我的未来。

当时我和赵倩倩正在吃晚饭。赵倩倩点了份乌鸡汤，我吃乌鸡她喝汤。可能是受老爷爷老奶奶的影响，赵倩倩心情格外好，话匣子打开之后，那话就跟滔滔洪水一样不停地往外冒。

她絮絮叨叨地说，我事不关己地听，左耳进右耳出。突然，她放下舀汤的勺，神采奕奕满脸笑容：“杨杰你说将来我们的孩子叫什么？”

我最怕赵倩倩跟我提孩子，一提我就心烦意乱，既抵触又愧疚。乌鸡很好吃，因为没长成熟，肉质非常嫩，但我烦躁得吃不下去了：“你暂时别提孩子行吗？”

大概以为我只是想跟她过两人世界，赵倩倩笑得很温柔：“好，不提了。”

不过我已经没心情再和她讲下去了，毕竟如陈阳所说，我真的欠她的。乌鸡吃完了，汤也喝完了，我的话却没能说出来。

这一个月，陈阳和我的联系也少了起来，我本来应该发现的，可是我一直在想和赵倩倩分手的事，竟然忽略了。

这个月，我遇到了黄峰几次。

他已经和陈阳分手了。看得出分手让他很不愉快，无论陈阳是不是处女，之前他好歹还有女朋友，现在连女朋友都没了。

据说陈阳当时很高兴地跟他说：“谢谢啊，让我这么早发现你是个人渣，能够及时止损。”

黄峰道歉挽留，说自己只是随口说说，并没有处女情结。陈阳只是呵呵地笑着：“再怎么掩饰都掩盖不了你身上的渣味和虚伪。”

作为一大男子主义者，放低姿态求原谅被遭羞辱是件超级没面子的事。黄峰为此气得脸红脖子粗，对陈阳骂骂咧咧，大肆放狠话。

陈阳没有跟他吵，只是利索走人了。

听人说黄峰认为陈阳和他分手是我在背后撺掇的。所以每次见到我，黄峰总用一种恼怒敌意的眼神瞪着我。

我火气也蛮大，好几次都想把他胖揍一通，但在学校打架会被扣学分，校外打又怕他报复说闲话影响陈阳声誉，所以一直忍着。

可是怕什么来什么，有一次我听到黄峰的一个室友，跟女友说陈阳和黄峰之所以分手是因为黄峰嫌她是二手货，除外还暴露了点陈阳和黄峰上床的细节。

当时我恶心坏了，也气坏了，冲上去一把揪住那男生的衣领，狠狠瞪着他："有种你再说一遍，看我不弄死你！"

那男的显然是被吓到了，愣了愣，半天才甩开我的手，皱着眉问道："你谁啊？"

我咬牙切齿地继续警告："回去告诉黄峰。他要敢到处跟别人说陈阳的坏话，我就叫他吃不了兜着走！"

丢下这么一句话，我愤愤不平地离开了，只留下大眼瞪小眼的一双男女。

"这到底是谁啊？"女生还有些反应不过来。

"谁认识这种神经病，不过好像在哪里见过……哦，好像就是经常围在陈阳身边的那男的。"

我找了处空地坐下，点了根烟一口一口地抽。我终于明白了为什么那么多人都喜欢在难受的时候抽烟。这是一种轻微的自虐倾向，可以转移注意力，减轻心里的负担。

无意间抬头，我发现赵倩倩和陈阳正一左一右隔得远远地望着我。

赵倩倩表情深沉，明灭不定，陈阳神色黯然，眼含忧伤。

我想起祖贤女神演的那部《青蛇》，当得知法海要来，祖贤女神扮演的白蛇和曼玉女神演的青蛇也是这样和男主角对峙着，仿佛一场拉锯战。

我记得《青蛇》原著上有段和《红玫瑰与白玫瑰》类似的话——"每个男人，都希望他生命中有两个女人：白蛇和青蛇。同期的，相间的，点缀他荒芜的命运。——只是，当他得到白蛇，她渐渐成了朱门旁惨白的余灰；那青蛇，却是树顶青翠欲滴爽脆刮辣的嫩叶子。到他得了青蛇，她反是百子柜中闷绿的山草药；而白蛇，抬尽了头方见天际皑皑飘飞柔情万缕新雪花。"

对我而言，陈阳既是嫩叶子，也是新雪花。我爱她，却得不到她。

见陈阳叹了口气准备走，我忙追过去。可赵倩倩却叫住了我，挽着我，微笑道："陈阳的生日快到了，你帮我挑一下礼物吧。"

我不动声色地抽出了手臂，找了个借口脱身，可四处看了看，陈阳早已不知所踪了。

接下来好几天，我都找不着陈阳，想给她打电话吧，也不知道该说些什么。我对着手机上陈阳的号码唉声叹气，正犹豫着到底该不该按下拨打键，手机突然响了，竟然是陈阳的电话！

这难道就是所谓的心有灵犀？

一接听电话，就听见陈阳愉悦的声音："杨杰，我找到真爱了，快恭喜我呀。"

我笑着调侃她："是不是我啊？"

"别闹，你知道我们之间不可能的。"陈阳的声音沉了下来，她叹了叹气，继续说，"杨杰，我这次是找到真正喜欢的人了，是真正的真爱。"

我心中一痛，深深地吸了口气，语带讽刺："是吗？你的真爱来得可真快啊。"

十三年，我再了解她不过了。她之所以这么快谈了恋爱，一定是为了阻止我和赵倩倩分手。

我特别愤怒，就像要不到糖的小孩，任性地发着脾气："才多久你就投到另一个男人怀里了？你到底多缺爱啊？陈阳，你别再逗我玩了，我知道你真正喜欢的人是我，别以为随便找个男的就能打发我。"

说完我就后悔了，我觉得我伤到了陈阳的自尊心。

但是陈阳并没有发火，反而语气平静："我已经和倩倩说了，明天我们四个一起吃饭，倩倩也答应了，你可别不来。"

说完她挂了电话。

我的话还没说完，我想把电话打回去，但思来想去，最终没有打成。

我反复思考着她话里的破绽，思考着明天的见面。"真爱"两个字就像苍蝇一样在我脑袋里盘旋着，躲也躲不开。

她口中的“真爱”到底长什么样？会不会是陈阳找来演戏的？我要不要去？去了该说什么？要是发现真的演戏，我要不要戳穿？要是真爱，我要不要试着把他们拆散？我该穿哪件衣服？

我满脑子烦恼，满脑子疑问。

没多久，赵倩倩也打来电话，说了相同的事情。我假装不知情，嗯嗯啊啊地敷衍着她，真是虚伪透了。

我期待着明天的见面，又害怕着明天的见面。我不知道自己为什么会是这种包子一般的性格，婆婆妈妈，优柔寡断。

想到这儿，我忽然想起一件小插曲。

之前我和陈阳曾在QQ上掏心掏肺地聊过一次。她在QQ上跟我说：“你知道为什么倩倩做人流那次我哭得那么伤心吗？不止是因为我心疼她，其实我也疼，我心里的某一个角落也疼得要死。我过不去这个坎儿。有了这件事情，我觉得我们以后再也不能在一起了。你再也不属于我了。可能以后你会和倩倩白头偕老儿孙满堂，而我只是你生命中的一个过客而已。我想起这些就特别想哭。”

每次想起她的这段话，我心里就特别堵，特别想哭。我真的很想以头抢地，狠狠地自虐一番来减轻心中的痛苦。

今天的这种司面，都是我的包子性格造成的，我没有资格去埋怨别人，埋怨老天。

Level 22

唐突的爱

第二天，我特地把自己认真收拾了一遍，还喷了古龙水。我不想被比下去，或者说输也要输得漂亮。不得不提，赵倩倩的品位确实好。在她的建议下，我收拾得人模狗样的。

我先一步到了餐厅，等电梯的时候，有好几个女生看着我笑，一副花痴的样子，甚至有人上前求 QQ 号求交往。

那一刻，我自信又自卑。自信的是，有人喜欢我；自卑的是，我喜欢的人宁愿选择别人也不选择我。

赵倩倩来了，陈阳和她的新男友也来了。

陈阳的男友开了辆白色君威停在路边，先一步下车，然后再绕到右边给陈阳开车门。陈阳对他微微一笑，手搭在他弯着的右胳膊上，扶着他下了车，一起进了正门。

那男的穿了件紫色条纹 Polo 衫，卡其色休闲裤，白色鞋。陈阳也穿了件紫色连衣裙，配银色细高跟，手挎白色包。

看着他们有说有笑、一脸幸福地走过来，我开始困惑了。我分不清她究竟是为了成全我和赵倩倩，还是真的喜欢上了眼前的这个男人。

我一直以为我是了解她的，但此时此刻，我才发现自己并不真的了解她。

“这是范俊山，我们是在托福课上认识的。”

当陈阳向我和赵倩倩介绍她身边的男人时，我特意留意了一下他们的状态。他们的胳膊勾在一起，十指紧扣。

这是个极甜蜜的姿势。我心里特别酸，特别想和范俊山的位置换一换，换成我在陈阳旁边，和她十指紧扣。

我满怀醋意地问：“你什么时候报的托福？我怎么不知道呢？你准备出国？”

陈阳白了我一眼：“就知道你要大惊小怪。我留不留学还要请示你吗？”

我彻底困惑了，看出陈阳绝对不是开玩笑，她是认真的。我开始不明白那天晚上的意义，难道那晚真的只是我做的一个梦？

我开始怀疑自己的记忆。如果是梦，为什么又那么真实，点点滴滴像碑刻一样，重重刻在我心里。

可她这么快就定了未来的方向，找了新男朋友，还准备出国。她将要有一个没有我的未来，而我将作为她记忆的一部分被埋没。

我心里不是滋味，难过却无法表达。进了电梯上了楼，点了菜，我闷闷不乐地吃喝，听陈阳侃侃而谈他俩之间、我俩之间的趣事，偶尔插上一两句。赵倩倩饶有兴趣地听着，也时不时地插上两句话。

整场饭局陈阳表现出来的都是幸福快乐和骄傲自豪的样子。

范俊山和陈阳以前交往过的那些“男朋友”不一样，如果说黄峰是个人渣的话，那么范俊山毫无疑问是个随和开朗的绅士，看起来很爱陈阳，眼睛里对我也没有什么敌意，更多的是真诚和自信。

我不得不承认她和范俊山很配。整整两个小时，陈阳一直说说笑笑，调节着气氛。范俊山的话不多，只是一直静静地凝视着陈阳，眉目间都是宠溺的笑意。

吃过饭后，范俊山和陈阳与我告别，而我要送赵倩倩回学校。路上，赵倩倩拉着我说：“你看陈阳找到了一个好男人，各方面都挺优秀，他们看上去好配。”

我有点不爽，心想：之前看到黄峰你说好般配，现在看到范俊山也说般配，你就没有说不般配的时候。

我大步朝天，只顾往前走。赵倩倩紧跟着我絮絮叨叨说个没完：“你说他俩去美国读书，毕业了很可能就直接在美国工作，那会不会也在美国结婚？那到时候我们就没办法去当伴郎伴娘了。”

其实仔细想想，赵倩倩今天的表现同样有点反常，甚至可以说是亢奋。

“你说是我们两个先结婚还是他们两个？他们结婚的话我们送什么好呢？”

我彻底受不了了，只觉得脑子里“嗡”的一声，除了愤怒还是愤怒。我停下脚步，瞪着她冲她直吼：“你他 × 的能闭一会儿嘴吗？结婚！结婚！结婚！他 × 的，八字还没一撇呢，结什么婚？”

后来回想的时候，我觉得自己当时之所以会爆粗，并不是因为对赵倩倩不满，而是因为我突然害怕得要死。

范俊山不同于陈阳之前的任何一任男友，他从头到脚从内到外都散发着一股鹤立鸡群高人一等的气息。在他的衬托下，我自惭形秽。我试图像显微镜那样寻找他的缺点，以求心理平衡，却发现怎么也找不到。我害怕陈阳就这栏和范俊山越来越好，然后幸福地生活在一起——并不是我希望陈阳不幸福，而是我希望她的幸福来自我。

骂完赵倩倩，我愣住了，赵倩倩也愣住了。她震惊又难过地扯了扯嘴角：“你今天有点不正常。”

我烦躁地抓了把头发，尴尬地说：“对不起，我今天有点不舒服，脑袋嗡嗡疼，你自己回学校吧。我改天再找你。”

我快步往地铁站方向走去，没敢回头看赵倩倩，我没办法直面她那张忧伤又莫测的脸。赵倩倩没有追过来，我想她可能一直在原地等我，等着我回头，也可能干净利落地走人。

进了地铁，我找了节人少的车厢，瘫坐在最边上的老弱病残孕专座上。车上的人游离在各自的世界里，没有人留意我，这种疏离感使我感到温馨。

“脑残算不算残疾的一种？”我想。

此时此刻的我特别需要一个人静一静。

我不想就这么妥协。没有她的日子，我将生不如死。

地铁门一开，我就冲了出去。我狂奔回学校，跑到她的宿舍的楼下。我很想知道她的想法，可能是我的想法实在太多，脑子里混乱得很，站了好久我才想起给她打电话。

电话一打通，我便急匆匆地问："你在哪儿呢？"

她不紧不慢地回："我在回学校的路上，怎么了？"

我焦急难耐地又说："我在你宿舍楼下，你回来，我有话要问你。"

她不温不火地"嗯"了声："你等一下。"

"好。"我说。

我又说了几句话，她在电话那头"嗯嗯啊啊"地应和着我，和稀泥一般。我想应该是范俊山在她旁边，她不想让范俊山听到我的话，所以没两句就把电话挂了。

我坐在她宿舍门口傻傻地等。十多分钟后，我看到她远远地一个人走了过来，应该是把范俊山支开了。

我起身过去，假装很自然地像以前那样揽着她的肩膀。我特别怕她躲开，还好她没有。我故作轻松地说："我们去吃饭吧。"

她惊讶地看着我说："你疯了吧？不是刚吃过吗？没吃饱啊？"

我继续说："那我们去唱歌？"

她说："哪有吃完饭就去唱歌的？会肚子疼。"

我耐着性子："那我唱，你听着。"

她没有说话，默默地跟着我走。

我想，她其实知道我在想什么，也知道我要做什么，毕竟相处了快十四年。我只是想和她单独待一会儿，一会儿就好，只要能够把我心中的疑惑解开就好。

到了学校附近的 KTV。进了包厢之后，我点了一打冰锐，她斜眼看着我说："你疯了吧？你点这么多能喝掉吗？待会儿你醉死在这儿，我可搬不动你啊。你要是醉了，我就把你一个人丢在这儿。"

我苦笑了一下，心想：其实我多么希望喝冰锐就能喝醉，正因喝不醉，我才不得不面对即将失去她的现实。

我俩都没有点歌，等服务员把酒端上来，我开了一瓶递给她，自己也开了一瓶。我把瓶子举到她跟前，说："我们玩真心话大冒险吧。输了不愿回答就喝！行不？"

她抬了一下眉毛，撇了撇嘴，不置可否。我开始摇起骰钟，比大小。

她运气不好，一连输了几次。

第一次，我单刀直入："你爱过我吗？"

她没有回答，拿着瓶子，咕咚咕咚地将一整瓶一饮而尽。

第二次，我又赢。

我继续问："你现在爱我吗？"

她拿过我手里的瓶子，又喝了一瓶。

第三次，她又输了。

我穷追不舍地问：“你和范俊山在一起是因为爱他，还是为了逃避我，为了不让我和赵倩倩分手？”

她又咕咚咕咚地喝酒。

我终于忍不住了，抢下她的瓶子，气急地说：“你他 × 的能不能回答问题？你他 × 的能不能不喝了？”

陈阳抹了抹嘴角，勾起嘴角冷冷地笑了笑。

KTV 的灯光很暗，我看不清她脸上的表情，只是觉得她的眼睛黑黑的，亮亮的，似有水光。

她起身关了 KTV 的伴奏音乐，然后坐在拐角的大沙发上，盘着腿说：“那天早上从你家出来，我就想好了，我不可能和你在一起。我觉得自己应该找点事做，让自己忙起来，免得胡思乱想。然后我报了一个托福的课程，恰好俊山坐在我旁边。他比我们大两届，已经接到 offer 了，只是无聊才来上课。后来有一天他说他喜欢我，他小心翼翼地问我能不能和他在一起。他在学习上帮了我很多，对我很照顾。我本来想拒绝的，可是看到他小心翼翼的样子突然就心软了。”

我心里有点难受，问她：“那你毕业就打算出国吗？为什么你之前没有跟我说过？”

她闭着眼睛点了点头：“有过这种打算。我爸妈还让我怂恿你一起学托福，一起到美国读研，到那边也有个照应。”说到这儿，她苦笑了一声，“我蛮想跟你去的，可是我想我不能，我不能这么自私，我让你跟我走了，倩倩怎么办？”

每次只要我和她谈到赵倩倩，必然是长久的沉默。我不知道该如何面对这个问题，该说些什么，我想她也是。我给自己开了一瓶酒，闷闷地喝闷酒。

沉默了一会儿，她先开口了："倩倩是个好姑娘。"

我"嗯"了一声。

她看着我，用近乎乞求的语气问："我们还像高中那样，好吗？"

我冷笑了一下，仰着脖子望着天花板反问她："你觉得这现实吗？你能忘掉那天晚上？忘掉我喜欢你？忘掉你也喜欢我吗？"我不敢看她，我怕我的眼泪会忍不住流出来。

陈阳颤抖着声音说："我知道我忘不了，不过我会试着不去纠结。杨杰，我觉得你跟我都该冷静一下，你跟我都该试着去独立，试着去过没有彼此的生活。这世界没有谁离不了谁，可能你现在接受不了，等过段时间，你就会觉得你跟我其实更适合做朋友。"

我不服气。我特别想反驳，特别想对她说没有试过，怎么知道我们是适合做朋友还是做情侣？我特别想对她说，为什么不试着接受我，而是去试着过没有彼此的生活？明明这样子会更幸福。可是我的喉管就像生了肿瘤，千言万语都堵在咽喉，说不出来。

她把脸扭过去，不再看我。然后我俩开始喝桌子上的酒，一瓶接一瓶地喝，各喝各的，不再说一句话。

后来我把她送回宿舍，我也醉醺醺地回了宿舍。室友们正打DOTA打得热火朝天，看见我回来，开玩笑地说："你个完蛋货！每次开黑都不在，以后不带你了。"

我沉郁又烦躁地躺上床，闭着眼说："以后她的人生里都不带我了，开黑算个鸟！"

三个室友都沉默了。年龄最大的寝室老大停下手中游戏，走过来拍了拍我的后背，其余两个也知趣地退出游戏，不再吵吵闹闹。

其实我从来没有对他们讲过我和陈阳的任何事情，可是大家都不傻，这种事儿当局者迷旁观者清，他们都心知肚明，知道我喜欢陈阳。

寝室老大安慰我说："这不是快暑假了吗？你找个机会约她出去玩一玩，好好谈一谈。"

我绝望地摇了摇头。我和她这么多年变成了今天这个样子，要真谈一谈就能解决该多好。如今，我说再多的话也不过是蜉蝣撼大树，可笑不自量。

Level 23

泪斩情丝

接下来的日子，我每天都如同行尸走肉一般，活得浑浑噩噩。

人其实非常需要一个信念，一个动力，让自己去拼搏去奋斗。可是我没有，或者说有过但已经失去了。

我如死灰一团，整天窝在寝室里玩游戏，看电影，不愿意上课，不愿意出门，甚至连饭都是让室友帮我捎回来的。赵倩倩的电话我也懒得接，辅导员的开导也无视掉。最后还是陈阳亲自出面，我才肯按部就班地重新上课。

那个时候，陈阳已经两个多星期没主动联系我了，每次我打电话联系她，总听到她很冷淡地说“在吃饭”“在看书”“在散步”等等，没等我说完便以“有事先拜拜”为名挂了电话。

我觉得她是真的要放下我了，所以当她闯进我的寝室就像抓奸的元配一般盛气凌人地站在我身后，一把摘下我的耳机，义正词严教训我“杨杰你够了没有？”的时候，我开心得眼泪差点飙出来。

够了没有？够了没有？够了没有？我满脑子都在循环这句话。我也不知道自己够不够，我只知道现在的自己既开心又不开心。开心的是她来找我了，不开心的是她终将离去。

开心和不开心交汇在一起，像连体婴儿一样难解难分。

因为怕她看到，我没有回头。

陈阳拿出一副长辈的姿态，教训我：“杨杰你给我回去上课，听到没有？”

我很想装作没听到的样子，这样就可以再听一遍她的声音。可是她如河东狮吼，动作又粗鲁，我想装也装不了。

我轻轻淡淡地“哦”了一声。

陈阳站在我身后一直盯着我。她脸有点冷，完全不同于以往的嘻嘻哈哈：“杨杰，我第一次发现你这么脆弱，半点打击都承受不了。我真庆幸自己没有选择跟你在一起。”

知道她在用激将法激我。但她那副冰霜似的表情冻到了我的心。我故意装得毫不在乎：“不脆弱，你就跟我在一起了吗？”

陈阳无言以对。

其实想想，我一直都很脆弱。害怕告白失败做不成朋友，害怕她的远离，害怕这个害怕那个，怕来怕去，她最终真的远离了我。

陈阳的手机铃声响了。我藏起心中的醋意和难过，按动键盘继续玩游戏：“是范俊山吧？你先回去吧，别让人家等急了。”

陈阳没有搭理我，直接接过电话。我听着她在电话里与范俊山亲昵地说笑，又听见她用很冷漠的声音对我说：“杨杰你就作吧，我不管你了。”

室友们全都主动闪人了，寝室里只剩下我跟她两个人。我克制着自己，尽量用冷静的声音说：“那你就别管了。”

“这可是你说的——”陈阳气得大吼，“以后你死活我都不会管！”

陈阳摔门而出，门碰撞发出巨大的声音，震得窗户跟着颤，震得我的心也在颤。从前她从来不会这样跟我说话的，现在的她就像毫无耐性的家长，面对小孩犯的错想到的不是耐心疏导而是粗暴指责。

她真的变了，变得我不认识了。谈不成恋爱，连友情也岌岌可危。

我觉得自己不能再这样下去。再这样下去，真的连朋友都做不了了。一番挣扎后，我决定重新回去上课。

当看到我踏入教室的那一刻，我的三个室友热烈地朝我鼓掌，陈阳也回头看了我一下。虽然短暂得只有两三秒，但我的心还是如暖阳照过，暖得差点流泪。

“爱情短暂，友谊长存。”我满脑子都是这句话。除了对室友，更多是对陈阳。虽然我是极度不情愿的，但总比全部失去要好。

课堂上，我给陈阳发了条短信：“我们还能做朋友吗？”

直到下课后她才回：“可以。”

“爱情短暂，友谊长存。”我一次又一次地心想，“可为什么鱼和熊掌就不能兼得呢？”

都怪自己太过怯懦无能了。

日子一天天过去。很快到了期末，稀里糊涂对付完考试后，暑假便开始了。

我和陈阳的联系少得可怜。嘴上说着友谊长存，但实际上，我真的不知道该怎么面对她。她可能是忙着考托福，也可能是忙着和范俊山交往的事，也没有工夫联系我。

至于赵倩倩。对不起，我差点把她忘了。

说实话，自从那次吃完饭我骂了她之后，我觉得我和她已经不再像情侣。不是我讨厌她了，而是我不想看到她，也没有脸去面对她，我只能像鸵鸟一样，把自己一头扎进沙堆里，去逃避这一切。

我和她的恋爱早已有名无实。其实我已经注意到，随着我越来越冷淡的态度，她联系我的次数也越来越少。不过我毫不在乎，对我而言，赵倩倩是麻烦的根源，麻烦当然离自己越远越好。

我每天都窝在家里百无聊赖地看电视，要么是一遍遍地玩着没有尽头的游戏。我爸为此说我像个蠕虫。很奇怪，平时我是有点怕他的，或者说我最怕的人就是他，但如今他怎么说我都无所谓了。

暑假过完又到了开学，学业课越来越多，能见到陈阳的日子也变得越来越少。一切平平淡淡，看什么都提不起兴致，校园生活对别人来说是各种各样的精彩，对我来说却只是一片雾霾，看不到任何未来。

直到有一天，赵倩倩打电话约我吃饭，我很不情愿地去了。我双手插在裤兜里，无精打采地往赵倩倩对面位置一坐，没和她说话，也没有看她，只想赶快吃完回家。

赵倩倩没有点菜，而是看了我半晌，很直接地说：“我们分手吧。”

赵倩倩终于说出了我期待已久的话，可我并没有丝毫惊喜，内心前所未有地平静。旁人所说的心如止水，大概便是我如今的这个样子。

“我受够了，你是不是早就不喜欢我了？”赵倩倩眼圈红了，却抿着嘴，脸上还带着她一如既往的淑女微笑。她有她的骄傲，她的爱使她不顾一切地盲目地包容我，但她的骄傲不允许她在此刻狼狈。

她笑得越发灿烂：“哦，应该说你根本没有喜欢过我才对。其实我一直知道你不喜欢我，但总侥幸地想着，也许哪天你能看到我的好，喜欢上我了呢？可是直至今日，你还是没有，所以我选择放弃。”

我低下头，沉默以对。空气仿佛凝结了，也不知过了多久，我才淡淡说了句：“对不起，谢谢你。”

“你是个好姑娘，是我配不上你。”我翻着菜单，试图用轻松愉快的语气打破此刻的压抑，“来，我们吃个散伙饭吧，你想吃什么尽管点。”

“杨杰，你现在是不是很开心？”赵倩倩咬住了嘴唇，压抑住自己的情绪，“之前一直在骗我，现在却开心得连撒句谎骗骗我都懒得了。”

我的心情五味杂陈。我知道全是我的错，我浪费了她赵倩倩的青春，我辜负了她的爱，我简直猪狗不如。

最终，我叹了口气，说出了分手的情侣都爱说的谎言：“希望我们以后还能做朋友。”

“可以！”赵倩倩提起一口气站了起来，脸上的笑容更盛，眼睛红红的，却在瞪着我，“到猴年马月吧！等哪天我想通了，不恨你了，我一定再联系你！”

赵倩倩拎着包走了，走得毫不犹豫，背也挺得笔直优雅。

我知道自己错过了一个好姑娘，一个十分爱我的好姑娘。后悔吗？我不知道。我只知道，若一直在一起，我一定会后悔，后悔一辈子。

我们这样算和平分手吗？没有不依不饶，也没有胡搅蛮缠。我再次异想天开，是不是我和赵倩倩和平分手了，陈阳就会不介意了呢？就会回到我的身边了呢？

我留下来，点了一桌子菜。很丰盛，可吃着吃着却吃不下去了。

昨晚通宵直播害得我现在困得要死，我将饭菜打包带回了家。

我躺在床上开始反复思考和赵倩倩分手这件事。想着想着，我睡着了。

第二天一大早，我就被手机铃声吵醒了，是陈阳打来的电话。我惊喜万分，但想到这么久都不联系我，我刚和赵倩倩分了手就联系我，一定是为了分手这事。

不过我还是蛮高兴的，因为她终于肯找我了。电话里的她语气平和：“我五点下课，下课后我们去吃饭吧。”

“好。”我爽快答应了。

我从床上弹起来，洗澡刷牙刮胡子，又从衣柜里翻出我妈给我新买的衣服。上次与范俊山的会面对我精神造成了巨大的创伤，我知道我赢不过他，但起码不能输得太难看。

我好像从未见过她一般地紧张。我们去了家小饭馆，菜上得特别慢，陈阳又一直不说话，气氛十分尴尬。为了缓解这份尴尬，我找了个话题："我和倩倩分手了。"

我以为陈阳会有所反应，不惊喜不惊讶，起码也会皱一下眉头。可是她出乎意料地平静，平静得可怕，一种置身事外的超然。

她面无表情，不带任何情绪地说："倩倩和我说，你把她这辈子都毁了。她跟我说，她恨你，而且恨我。"

我突然一下子像被什么东西噎在了喉咙，之前准备的好多话全哽在喉咙里，一句也说不出来。

我想起了范俊山，想起了那一晚，想起了她之前的冷淡，想起了因为赵倩倩而起的争执，想起了过去的种种美好。我想起我答应和赵倩倩交往的那天，和赵倩倩第一次上床的那天，想起和赵倩倩分手的昨天。

所有场景历历在目，如刚发生一般。

我本来想说："我们重新开始好吗？"

我本来想说："我也可以陪你一起出国的。"

我本来想说："你知道吗？我比范俊山更爱你一千倍，一万倍。"

我想说的话实在太多太多，这些话我准备了好久，一直压着我的心里。我原以为分手了就可以倾泻式地全部说出来，结果她一句"你把她这辈子都毁了"，让我什么都说不出口。

我没有问她赵倩倩还对她说了什么。我不想从她口中听到"你是个畜生”“人渣”之类的话，谁都可以这样骂我，但出自她的口，会让我比死还难受。

但，陈阳什么都没说。没有指责，没有抱怨，她对我的事仿佛漠不关心。我感觉自己和她之间就像划了道鸿沟，一道比太平洋还宽大的鸿沟。我插翅难越。

骨子里的怯懦让我瞻前顾后。左思右想，我还是决定试着迈出前进的步伐：“你……不说点什么吗？”

我低着头扶着杯子，不敢看她。

“没什么可说的。”陈阳淡漠至极，眼中的冷光仿佛能把人冻僵，“倩倩把你送她的东西都拿到我家了，等会儿你去我家拿吧。你送她的东西，她说她不要了，你自己留着吧。”

我“哦”了一声，不再搭话。

那顿饭吃得很沉默，我们都没有再提赵倩倩，也没有提未来，甚至连“这个牛排咸了”“那个汤好淡”之类无关痛痒的话也没有了。在这之前，我们从来不会这样，我们总有说不完的话。

经过了这场可怕的晚饭之后，更加可怕的事情接二连三地来了。可能是因为她忙，也可能是她在刻意回避我，我觉得她开始变得越来越不在乎我了，她对我们的关系进行了冷处理。

我发短信、发 QQ 消息给她，她会过很久才回，有时候甚至干脆不回。我找她玩找她温习功课，她也总有借口推托。

我不知道为什么，也不想知道为什么。我越来越害怕她会淡出我的生活，不，应该是我害怕她希望我淡出她的生活。

Level 24

愚蠢的爱

突然想起来我和她之间还有一个小约定。

我记得初中的时候，我们两个曾经说过——如果到了二十五岁我们都还没结婚的话，我就勉强凑合娶她好了。

她当时狠狠掐着我的肉，说要用八抬大轿，风风光光的。表面看我是因为痛不得不妥协，实际我确实有这个想法，不管八抬大轿，还是香车宝马，如果娶她，一定要让她风风光光地出嫁。

可能她早就忘了这个约定了吧。其实记不记得又怎样？她还是要选择别人，现在的我连苦笑都笑不出来。

我不知道该怎么办，然后就想了一堆馊主意。

就像小时候很多小男孩喜欢小女孩那样，不懂怎么去爱，只知道欺负她，吓唬她，拽她辫子，在她书包里塞虫子，用很多奇奇怪怪的行为来引起她的注意。

我一面对她就会变得很幼稚。

我想引起她的注意，我想留住她，我想了很多办法，可直到今天我才发现，我那一段时间做的所有事情都逊毙了，都只是把她越推越远。

但当时的我当局者迷，我满脑子都在想到底要怎样做才能让她更在乎我，或者说是重新在乎我。我请了寝室三个室友吃饭，想让他们帮我出谋划策。其实我一直都知道寝室那三个笨蛋只能出馊主意，要不然也不会一个个全被女朋友甩了。

但是那一瞬间，我突然明白了病急乱投医的心情。我理解了为什么久病不治的人会去烧香拜佛。

他们给我出的第一个主意是让我去追陈阳班的一个姑娘，余敏。余敏我知道，和陈阳关系还挺不错的，更重要的是她们各方面都不相上下。陈阳活泼如兔，余敏慵懒如猫，都是系里有名的美女。

他们告诉我，去追余敏，陈阳一定会吃醋，然后就会重新注意到我，在乎我，喜欢我。我就这样稀里糊涂地相信了室友们的“妙计”。

我似乎因为陈阳对我的满不在乎变成了傻瓜。不，应该说我本来就是个傻瓜，要不然我也不会就这样眼睁睁地看着陈阳喜欢上别人、嫁给别人。

我开始着手去追和她同班的余敏。我记得当时恰好是大三上学期，学校里的小课不是很多，大多数是全系的大课。

上课的时候，我故意坐在余敏身后，找机会和她搭讪。不得不说，余敏这人真的很像猫，懒洋洋地趴在桌上的动作别提多妩媚自然，说话也是慢条斯理的慵懒调调。

我费了很大的劲，才加上了她的人人和QQ。但她总是对我爱理不理的，我锲而不舍地跟她聊了几天，虽然收到的回复寥寥，但仍是在QQ上厚着脸皮问她："我想坐在你旁边，可以不？"

过了很久，余敏才回复："随便你。"

第二天上课，我刻意早早到了教室，挑了陈阳身后的座位，和余敏坐在一起。我把握好音量，用不会引起老师注意，又恰巧能让陈阳听到的声音，对余敏说："疯人院新院长问一个病人，为什么进了疯人院。病人说我娶了一个女儿成年的寡妇……"

我讲了好多笑话，有正常的，也有略带暧昧的，余敏一直枕着课本昏昏欲睡，哈欠连天。待我尴尬得不知该不该继续下去的时候，她才不紧不慢地抬眼瞅我一眼："哦，完了？"

我轻轻咳嗽了一声，余光偷偷瞟向了陈阳。

陈阳在前面坐着，认真地听课，记笔记。我多么希望她回头，可是她一次都没有。我多么希望像小时候那样，我和别的女生一说话，她就扁着嘴不情不愿。哪怕她只是回过头瞪我一眼，哪怕不屑地看我一眼也好。

可是她没有，整整两个小时她都没有。下课后，她若无其事地挽着室友的手离开了。

我太害怕她远离我了，以至于我忘记了她的性格。在爱情上，她是一个极端主义者，她向往的是那种纯粹的一心一意的爱情，也只要那种爱情。

我这种自以为是的小伎俩，只会让她觉得我言行不一，对待爱情轻佻如儿戏。我忘了在赵倩倩身上发生的教训，忘了我这样只能让她越来越讨厌我。

陈阳不但不联系我，反而对我更加冷淡。她开始无视我，不再喊我吃饭，不再给我记笔记，校园里相遇也不再搭理我。

我心灰意冷，意识到我的所作所为根本引不起陈阳的兴趣，很快便选择放弃。有一天，我无意间听到余敏掏了掏耳朵，问陈阳："那个叫杨什么的以前好像跟你挺好的？你以前到底是怎么受得了他的？我这几天耳朵都要被他烦得起茧子了。"

后来这事在系里流传了很久，我成了旁人茶余饭后的笑料。

之前大一时候，我在网上认识了一个网友，是个比我大四岁的同城的姐姐。那时候，我的想法很单纯，想的是有些话没办法和身边的人讲，可憋在心里又难受，反正她是陌生人，说给她听影响不了什么，心里也会好受一点。

这个姐姐情商很高的样子，耐心又温柔，会给我一些不错的建议。虽然胆小懦弱，我从来没付诸行动过。因为跟她聊天很舒服，所以我每次有什么心事都会找这个姐姐聊一聊。我们就这样断断续续聊了有一两年。

最近我又在 QQ 上向她倾诉我和陈阳的事。这次她没有给我建议，而是抛出一句话："要不然我们见一面吧。"

我也是一个正常的男人，不傻，当然知道男女网友见面通常意味着什么，无非是滚床单。转念，我突然冒出一个很邪恶的想法——要是陈阳知道我和陌生女人有一夜情的话，会怎么想？

我要把这件事情告诉她。这样，她就会重新在乎我了吧？哪怕骂我一顿也好，打我几下，揪着我耳朵说我是王八蛋臭流氓也好，只要她在我面前有情绪就好。

不要像现在这样不冷不淡地对我，不要再摆出一副满不在乎的表情，不要再把我当成一个无关紧要的陌生人……只要她表现出一丝的在乎就好。

想到这儿，我在 QQ 上发了个坏笑的表情：“打扮漂亮点。”

那姐姐也回复了个害羞的表情：“嗯。”

见网友总是件很尴尬的事，直到要见面的前一刻我都在犹豫不决，觉得自己太龌龊。就在我想打退堂鼓的时候，那个姐姐出现了。我现在已经忘了她具体长什么样，大概长相普通没什么特点的缘故，不过身材好，蛮性感的。

我十分紧张，不知所措。还好，那姐姐比我想象中好相处得多。我俩一边吃一边聊，还喝了点酒。

酒后吐真言，我像祥林嫂那样把自己心里压抑着的许多想说不能说的话一股脑地告诉了她，反反复复地讲。

她没有流露出一丝不耐烦的表情，而是开导我，安慰我。

“可怜之人必有可恨之处，虽然你算不得什么好东西，不过对那个叫陈阳的女孩来说，你还算挺痴情的。”她熟稔地抽烟，并握住了我放在餐桌上的手。

我有点不自在，但没有抽手，只是苦笑道：“可惜她不要我。”

“小姑娘对感情是要求纯粹了些，经历少的都这样。”那姐姐抽了很长一口烟，又长长地吁了口气，“正因如此，她才那么容易遇到所谓的真爱吧。”

我似乎明白了那位姐姐的话，又似乎不太明白。

饭后，我顺理成章地跟着姐姐去了酒店。到了酒店，我又开始犹豫。我这么做究竟是对还是错？我感觉自己好像那些因为好奇心而吸食毒品的人，一时的冲动，带来一辈子的恶业。我有些恐慌。

那姐姐看出了我的犹豫，抱着我说：“你就当今晚陪我。我下周就要回老家结婚了，绝不纠缠你。”

我不是一个好男人，加上想到可以换来陈阳的关注，我牙一咬，心一横就把她抱上了床。我试图把她当陈阳一样吻，结果那姐姐偏头避开了我。

我停下来，说：“要不我们就算了。”

她一把搂住我，笑着说：“算什么算？来都来了。”

我脱了衣服，她也脱了衣服。她的身材确实如我所想的那样性感。但可笑的是，我却毫无反应，就算她用了各种方法帮我，我还是无法进入状态。我不知道自己是怎么了，原来和赵倩倩在一起的时候一切都是正常的。

她安慰我说这是心理障碍，没什么大不了的。我满脸尴尬，也不知道该怎么说。

我穿上衣服和她躺在一张床上，将就着睡了一晚。第二天，我把她送回家，自己也回了学校。

分别前，她跟我说："以后别再做傻事了。对方不会读心，你不说，她是不会知道你的真实想法的。"

虽然我记不清她的样子，但这句话我一直牢记在心里。

回到学校，我又到了她的寝室楼下。我打电话叫她下楼，十月份的校园里已经有些凉意了。因为起了雾，周围模模糊糊的，有点看不清。

陈阳穿了件柠檬色的卫衣向我走过来。她手揣在兜里，见到我，淡淡地问："什么事啊？"

我像过去那样把手搭在她肩膀上，边走边故作轻松地说："我昨晚和别人 419 了。"我明明牢记着那位姐姐的话，本来想跟她说别的，可是一见到她，我就跟傻了似的全忘了。

她停下脚步，甩开了我搭在她肩膀上的手，一脸嫌弃地看着我，一字一顿地说："你真恶心。"

如果一件东西曾经属于我，我可以抢回来。但是如果她从来就没属于过我，我要怎么抢？

我以为只要她不对我摆出一副无所谓的扑克脸我就会满意，只要证明她心里有我就已足够。可是当听到她一字一顿地说出“你真恶心”的时候，我心里好像被针扎过似的疼。

说完她转身就要回宿舍，我奋力拉着她的胳膊，使劲儿一拽，把她拽到了我怀里。

我紧紧抱住她，她的头刚好能埋在我胸口。曾经我比她矮上一丁点，现在我一米八三，她一米六三，我们也已经不是曾经的我们了。

她在我怀里不断挣扎。她挣扎得越剧烈，我就把她抱得越紧，慢慢地，她不再挣扎了，而是冷冷地责问我：“你够了没有？”

一直以来，我以为我在她身边给她保护，其实我错了，我一直都在不停地伤害她。我放下所有的尊严，哀求着说：“求你，不要那么说我，求你。”

她很久没说话。我低着头，不断地乞求她：“我们回到小时候好不好？只有我们两个人的时候。”

“不可能的。”她用力推我，用了很大力气。我不怕疼，可我心疼她。我松开了环抱着她的手。

她眉间皱起“川”字纹，激动地看着我说：“我求你，我求你一件事好不好？”

我让她说。

她言辞激烈地说：“我们从现在开始不要再见面了好吗？我们从现在开始就当作陌生人。我们删了对方的电话、QQ、人人、微博……不要再联系了好吗？我们分别去过各自的生活好吗？求你。”

我愣在那里。我想过可能有一天我和她分道扬镳再不相见，可是我没想到这天会来得这么快。

我想起以前做的那些关于分离的梦。我想起我跟陈阳提到我老做那种梦，她嘻嘻哈哈的反应。梦诅咒一般成了真。我不甘心，我愤怒地大声地质问她："你再说一遍！"

她冷静到了麻木的地步，仿佛在对一个陌生人。不，我还不如陌生人。至少对着陌生人，陈阳礼貌而友善。

"我已经说得很清楚了，请你不要再联系我了。"她扭过头，决绝地往宿舍走。

人生如果像拍电影那样的话，我一定把刚才的话剪掉，重新编辑。我会改掉所有的台词，跟她说："嗨，妞儿。我折腾了半天，发现自己喜欢的人还是你。我没办法忘记你，不能在一起没关系，只要我能陪着你就行。"

我会跟她说："我跟你一起留学好不好？不同意的话，我就像泼妇一样坐在这里哭了哈。我再编个莲花落曲，找个碗一边敲一边唱，搞得全校的人都知道你抛弃我不要我了。"

…………

可惜，人生别说编辑了，连倒退都不能。

我的胸口还残留着她的余温和发香，我想追过去，可我的双腿像灌满了铅一样迈不开。我想撒谎告诉她其实什么都没发生，可我张不开口，我没办法去骗她。

除了伤心，我还有极大的挫败感。我冲着她的背影大声喊："你不要后悔！”

她没有回头。

我继续喊：“这可是你说的！”

她还是没回头。

我又喊：“以后你失恋了不要跑我家来！”

她依然没回头。

我的情绪低落了下去，我用近乎哀求的语气说：“这算绝交吗？”

她驻了一下足，又继续往前走，没有回头。

学校的起床铃响了。人们陆陆续续走出宿舍楼，看到我和陈阳在上演绝交大戏，很多人都停在一旁围观。其实我想起床铃没响之前就有人围观了吧，我和她的声音那么大。

可是我不在乎。我只想像《龙珠》里演的那样，哪怕只有一个人有让我们复合的心愿，都采集过来，成为我挽回的力量。

“这算什么？究竟算什么？”我好像哭了，因为风吹到脸上凉凉的。

她一直往宿舍楼里走，走到宿舍门口的大厅，拐个弯就消失了，连背影都看不见了。

秋日的凉风虽然寒意十足，但并不足以把我吹到清醒。回到寝室后，我开始一遍遍地拨打她的电话，无法拨通。我想她是把我拉进黑名单了。

我抢了寝室老大的电话一遍又一遍地打过去。第一次打通了，我惊喜地“喂”了一声，电话便挂掉了。再拨，是占线，再拨，依然占线。

我抢了老三的手机一遍又一遍地打过去，借了其他寝室人的电话一遍又一遍地打过去……她的手机关机了。

我上了QQ，发现一直对我隐身的她的头像已经灰了。我发信息给她，却发送不过去，我已经不再是她的好友了。我校内不是她的好友，她竟然删了所有的微博，头像换成了死寂的黑色。

她这是要和过去说再见吗？是要和我说再见吗？难道就这样再也不见了吗？我不甘心。

Level 25

无尽的思念

我突然发现，校园是那么大，当一个人有心藏匿的时候，即便一个系的人都可以一个月见不到一次面。

“你什么都指望我，要是我哪天不在，看你怎么办。”

“我就找啊。我会像唐僧取经、孙悟空收集龙珠、柯南寻找真相一样找到你。”

我清清楚楚地记得陈阳从前说过的每一句话，清清楚楚地记得她说这些话时的表情。可如今，别说找，她就像丢垃圾一样把我丢下了，我找都没法找。

我记得我曾开玩笑地说哪里都能看到她的死样子，从小看到她，简直快烦死了。可现在，我想像从前那样天天见到她，却再也看不到了。

为了避开我，她连课都不上了。我向她的室友打听，她的室友告诉我，陈阳现在开始专攻托福和 GRE，基本是不会去上课了。

我整天在学校里漫无目的地乱逛，自习室、图书馆、食堂、小路，还有她的宿舍楼，我俩共同走过的角落我一个都没有放过。我无数次幻想能够与她偶遇，向她道歉。只是这些我们曾共同走过的地方，每一个地方，我都看不到她的身影，哪里都看不到。没有了她，整所学校对我而言都是陌生的。

她仿佛人间蒸发了一般。

我继续向她的室友打听她的情况。可是无论我怎么好说歹说，她们就像串通好了一样，统统说不知道。我只能像个无赖一样反复缠着她的室友们。我给她的室友们打开水、打饭、买零食买饮料，软磨硬泡了一个月，这才最终得知这段时间，陈阳每天都要上 GRE 的课程，所以一直住在家里，根本不在学校。

怪不得，人不在，哪怕我对学校展开地毯式搜索，翻个底儿朝天也不可能找到她。

看不到的身影、打不通的电话、永远灰色的 QQ 头像，还有那清空了的微博……一个相处了十多年的人，就这么不留痕迹地消失了。

我都快被逼疯了。

我就像抓住了救命的稻草一般。到了周六，我特意买了好多水果去她家，按门铃的时候，我特别忐忑不安，生怕她一个不高兴就把我推出去。

还好，是她妈妈开的门。她爸妈很热情地招呼我进屋里坐，可她不在家，她爸妈说她去上课了。

“阳阳没跟你说啊？”

我笑了笑，没说话。看来她爸妈并不知道我俩闹掰了的事。

她爸妈叫我在她家一边看电视一边等她，我根本没心思，却只能坐立不安地坐着。好在这时候电视右上角出现了整点报时，她爸爸看了一下表，说：“哟，阳阳快下课了，我去接她。你要不要跟我一起去？”

我急忙献殷勤：“叔叔我去接她吧，您正好可以休息休息。”

她爸妈都夸我懂事，说她的朋友里就我最靠得住。我有点心虚，要是从前她父母这样夸我，我一定特别骄傲。但是现在，我觉得自己表里不一，虚伪透顶，他们都被我骗了。

“叔叔，阳阳上课的地方在哪儿？”

“怎么？你不知道啊，”她爸爸有点惊讶，不过没多问，他就很利落地告诉了我。

记好地址后，我便出了她的家门。一出门，我便立马狂奔回家。我特意回家向我爸要了他的车钥匙。因为地铁太快了，人多也吵闹。开车就不同了，她下课后正好是晚高峰，会堵车。这样我就能和她多待一会儿，就算不能好好聊天，起码也能相处一会儿。

我开车到了她上课的地方，把车停好后，我对着车上的后镜照了半天，整理自己的着装。

陈阳的教室并不难找，整个教室就这儿有一个门，不会再错过了。我已经有一个月没见到她了，今天既然来了，我不想再有任何闪失，让自己和她擦肩而过。

下课的时候，学生们从教室里涌出来，多得就像一个塑料袋的花生洒出来一样。

我一眼便在人群中看到了她。她背着书包和几个女生一起肩并肩地走着，我逆着人潮向她走过去，她没有看到我，她走路不喜欢看人，总是神情飘忽，沉浸在自己的小世界里。

我突然揽过她的肩。她吓了一跳，一看是我，先是一愣，很快平静下来，不温不火地问：“你怎么来了？”

我努力露出一个自认为绅士的笑容：“我去你家了，叔叔阿姨让我来接你。”

和她同行的几个姑娘笑盈盈地打量着我，揶揄她：“这么好的男朋友，怎么之前都不和我们说一声？”

她连忙解释：“他只是我的邻居，普通朋友而已。”

她明明在辩解，但我听到却无比开心。朋友，她说我们是朋友！不是一个无关紧要的人！我知道她还在气头上，并无再多奢望，于是挠着后脑勺笑了笑：“是啊，朋友。”

“切，鬼才信咧。”她们捂嘴偷笑，“我们先走了哈，不打扰你俩玩了。”

那群女生瞟了瞟我，又瞟了瞟她，涎笑着快步离去。

我拉着她往停车位走。这次她没拒绝。也许过了一个月，她已经冷静下来了。她应该没那么讨厌我了吧？我这样安慰着自己，心里期待着她真的能原谅我。

她看到我家的车，意识到我是开车来的，而且周围已经没有了熟人。她甩开我的手，就像川剧变脸一样冷冷地说："你自己开车回去吧，我坐地铁。"

原来她还是没有原谅我，哪怕是一点点。为了达到目的，我只能无赖地说："你要是不上车，我就躺在车里在这里睡一夜，电话关机。我爸妈找不到我，一定会去问你爸妈，到时候看你怎么解释。"

她被我的无赖举动给气笑了，白了我一眼，然后上了车。她坐在右后座上，就像要与我撇清关系似的。

我半乞求地说："哎，你能不能坐前面？视线好。"其实我是想跟她坐一起。

她不耐地说："你不知道右后座是最安全的位置吗？"

"呃，知道。"

我没有再说话，只是踩离合，挂挡，发动车子。我只能从后视镜里或者扭过头看她，不过对我而言已经是莫大的进步。

"只要能看到她就好。"我想。

一路上，为了能多和她相处一会儿，我刻意把车开得像老牛拉破车似的慢，又特意绕了远路。

"开快点行不？"她不满地呛声，"照你这个速度开，明早上我才能到家吧？"

我厚着脸皮笑着说："我新手上路，您大人有大量宰相肚里能撑船有容乃大，多担待着点。"

她显然不买账，挑着眉，语带怒气："滚，少给我扯犊子！当初我考驾照还是你陪我练车的。"

听到她提从前的事，我稍微安心了点。还记得从前的美好，多少说明她曾试图原谅我，还没绝情到不可挽回的地步。

我故意岔开话题："哎？你手机是不是一直静音状态啊？为什么我打电话你都不接？"

她白了我一眼，没说话。

我故作轻松地又说："哎，你也太没良心了，快两个月没见面了，你都不想哥哥我啊？"

她又白了我一眼。

我继续没话找话："哎，你知道吗？我家的猫把你送我的轻松熊给开膛破肚了。老惨了，一地棉花，跟凶杀现场似的。"

她这次没给我白眼，而是恶狠狠地跟我说："好好开你的车，别那么多废话。"

我委屈地噤了声。

可能明白我来找她，绝不是为了和她东拉西扯，谈天说地，早晚会回归到我们两个的感情问题上来。沉默了一会儿，陈阳又开口："从现在起，你一句话都别说，你听我说。"

我扭过头看着她，她推了我脑袋一把示意我看路。

"我小学第一眼见到你的时候，就在想怎么有这么可爱的男孩子，虽然我也只是个小姑娘。当时我想，如果你能一直都是我的就好了。我任性，我不让你和别的女生说话，我怕别的女生把你抢走。等到我们再大一点，我不是没有想过做你的女朋友，但我又始终觉得这么久了，你一定是知道我喜欢你的，可是你却没有再进一步的意思，你让我一个女生怎么好意思直接向你表白啊？”

说到这儿，她停顿了一下。我盯着后视镜里的她，想说点什么，却不知道该怎么说。道理明白得太多，反而会陷入一种不知所谓的状态。不断总结着的经验，就像马后炮一样，乏善可陈。

她继续说：“上了初中后呢，我喜欢上了梁博，因为梁博和你长得特别像，但是你像个傻 × 一样，不但没有发现，还说我以后的男朋友身上都有梁博的影子，其实那是你自己的影子。当初我说我喜欢梁博的时候，哪怕你稍微阻止一下，哪怕你表现出不高兴的样子，我也绝对不会再和梁博说一句话，也许就是……算了。上了高中以后？倩倩是除了你以外我最好的朋友了。倩倩很早就告诉过我，她喜欢你，有一次她特认真地问我，我究竟喜不喜欢你。我好面子，怕你不喜欢我。我说我怎么可能喜欢你，我一直把你当男闺密。后来我问你要不要和倩倩在一起，我一直把倩倩当成最好的闺密，不忍心打击她，我想这件事最有资格说话的是你。我一直在心里默念，拒绝她拒绝她，可你还是答应了。我想我们真的是没有在一起的缘分吧……”

每每想到这儿，我心里就像在揭未愈的疮疤一样特别难过，特别痛。我不想听她讲下去了，可是不听她讲，又觉得会和她就这样结束了似的。

“到了高三高考，你落榜后上了我们学校。其实当时我是有点幸灾乐祸的，我知道自己这样不对，可我就是很高兴，我想我和你终于可以在一起了。可是有一天倩倩跟我说……然后你们之间有了孩子，她做了人流，我没想到你们这么快就……我当时就觉得自己被你们抛弃了一样，我想那我也干脆不要爱惜自己了，然后我就和黄峰做了。再然后我找你安慰我，我拉着你不让你走……”

“你吻了我，我很高兴，但又觉得自己是你和倩倩之间的第三者，而且是抢好朋友男朋友的那种，虽然你先认识的是我。我没办法面对你和倩倩，只能尽量远离你们，正好这时候我认识了俊山。再然后你和倩倩分手了，倩倩说你把她这辈子都毁了，她说她知道你不爱她，她以为对你足够好，就能抓住你的心，可是她错了……她说她除了恨你，还恨我，我明明喜欢你却把你让给她，如果我跟她说我喜欢你，她一定立马放弃，可是我没有。我反而让她来追你，我给了她希望……当时我心里好难受好难受。我想安慰她，但我根本没有立场去安慰她，我觉得我是破坏她和你之间感情的元凶。一个元凶有什么资格去安慰一个受害者？……再后来，你追我班里的女生，你还去419。我分不清你是真的变坏了还是怎样。总之，你变了，变得我不认识了。我不想见到这样的你，这会毁了我关于你所有的美好回忆，我希望我心里的你永远是干干净净的。”

其实陈阳一直是个不愿把自己内心敞开给别人看的人。这次之所以说这么多，不过是为了让我打消纠缠她的念头。

我沉默着，想反驳，却找不到反驳的理由。

她继续说：“我觉得，我也好，你也好，都应该有新的生活了。就算我们没有彼此，还是会过得很好。我忘不了倩倩的眼泪，也忘不掉你一夜情的事儿。就算我骗自己说忘记，勉强和你在一起，以后我也会难受一辈子。我不可能继续和你当朋友了。我喜欢你，你也喜欢我，我承认，但我们真的不能在一起。我们从现在起不要再联系对方了。就像上次说的一样。也许有一天，我在你心中就没有那么重要了，变成一个过客，也许有一天，我突然不在乎你和倩倩的事情，一切都看开了，放下了，或许那时候我们还能做回朋友什么的。可是现在，我真的看不开，也放不下。我希望你能明白我。”

她说得一切我都懂。我懂，可我就是一千个一万个不愿意。但是我懂，如果我继续纠缠她只会让她越来越讨厌我。

她说了这么多，车也渐渐到了她家楼下。我停下车，沉默十多分钟后，告诉她：“我懂，我希望那一天能早点到。”

她看着我，欣慰地点了点头，拉开车门，下车走了。

第七卷

假如爱也会到期

付钱的时候，老板问我："经常跟你在一起的女孩子呢？今天怎么没来？"

我笑着回答："在家睡懒觉呢。"当时的我心里满满都是幸福感。不是因为她属于我，而是她需要我。

Level 26

单边情愁

从那年的十一月份一直到第二年的六月份，我都没再和陈阳联系。

我也一直没和赵倩倩联系。人的感情真的很奇怪。有些人相处多年，说忘记便忘记；有些人却一见倾心，终生难忘。说到底，还是用心与否的缘故吧。

按捺不住对她的思念，我申请了小号偷偷去她的校内，偷偷关注了她的新微博，每天就盼着她能多更新点日常生活。知道了她玩豆瓣以后，我也注册了个豆瓣账号。

寻找她的豆瓣账号特别辛苦。只是偶然看见她在校内和别的朋友聊天谈了豆瓣的一个帖子怎样怎样，我就特意找到那个帖子，加入了那帖子的小组。那小组有一万多人。不过还好，她的朋友用的是真人头像，加上表现活跃，很快就找到了。谁知那人又有一千多个友邻，用真人照片当头像的人里面没有她。我只好一个个点开剩下的友邻，像寻宝一般，从傍晚一直点到半夜。

我困得要死，眼睛都模糊了。就在我想要放弃的时候，我终于看到了一 ID 的相册里面是她的照片。

一看那照片，我就知道是陈阳拍的。我用大号加了她，一条条地看着她的所有广播，一遍遍地读着她写过的每一篇日志。我从来没有回复过她，但是她的每一条信息我都看了不下几十遍。

有一天，她在日志上贴了那首纪伯伦的诗，并写道：“昨晚做了一个曾经做过的梦。我梦到某人给我送花，跟我说喜欢我。我突然想起他曾经匿名给我送花送诗的事，如果他当时承认那花是他送的，他喜欢我，我一定会不顾一切地跟他在一起。可惜，现在说什么都晚了。”

因为这篇日志，我哭了整整一宿，哭得眼睛都肿了，第二天只好窝在家里不去见人。

手机更新换代的速度真是快。以前仅能打电话的大哥大，开始慢慢变娇小，有了发短信、玩游戏等功能，直板、翻盖、滑屏从流行到没落。再然后，触屏手机从笔触发展到手触，功能上也越来越接近电脑。

我经常到从前和陈阳常去的奶茶店里坐一坐，点杯奶茶，还有汉堡、薯条，一边吃一边拿手机浏览她的信息。我像她一样在薯条上放大量的番茄酱，奶茶不加冰，烧仙草里不要放花生。

陈阳很讨厌烧仙草里放花生。有一次老板忘了，放了进去。她一颗颗全挖给我，边挖边笑说：“来，给你补补脑。吃完就没那么脑残了。”

那时的她无时无刻不在损我，相知又互损。而我，自然也毫不客气：“你才脑残呢！我还能补回来，你连补都没得补。”

时间岂止是杀猪刀，简直是狗头铡。从以前的无话不说到现在的话不投机半句多，我常常想，要是还能像从前那样，就算让我真脑残又如何？

只可惜，这世界从来没有要是，没有如果。

奶茶店有面留言墙，贴满了写着各样字符的便利贴。以前陈阳跟我总是隔三岔五地过来，每次她都会很兴奋地写上“祝爸爸早日康复”、“杨杰生日快乐”“祝我生日快乐”“上高中了”“上大学了”“好开心”之类的话。留言墙俨然成了她的心愿墙。有时候，我会跟她一起写，我写得最多的是“梦想成真”，还有“在一起”。

我梦想着和她在一起，成真。

记得高三的时候，一个星期天，她父母不在，她独自一人宅在家。陈阳其实很懒的，懒到可以一整天都窝在床上。她说自己是睡美人，我说她是树懒投胎。

那天下午三四点，她给我打电话，让我给她送吃的。我进了奶茶店给她买奶茶汉堡，等得无聊，便去看墙上的留言。

看到别人写的那些简单又感人的话，我有点小激动，忍不住也去写了张“喜欢你”，并在纸上标注好“阳”和“杰”。因为不好意思，又特意写了张“懒虫”作遮挡。

付钱的时候，老板问我：“经常跟你在一起的女孩子呢？今天怎么没来？”

我笑着回答：“在家睡懒觉呢。”当时的我心里满满的都是幸福感。不是因为她属于我，而是她需要我。纵然赵倩倩当时已经是我女朋友，

我跟她却纯洁得连手都没牵过。

时隔三年，奶茶店的老板换了对象，我和赵倩倩的爱情也彻底结束。奶茶店的老板一如从前那样问我："那个女孩呢？好久没见了。"

我明明心里涩得要死，却只能故作轻松："她最近有点忙。"

我清楚地记得那张便利贴的位置。不止这张，陈阳和我贴过的所有便利贴的位置都记得。我找到了它们，略作缅怀后重写了张"想你"，替换掉那张"喜欢你"。

这次我没再标名字，因为我想把它藏起来，而不是让陈阳找到，任她在背面写上："I love you too."

有情有时候比无情更让人绝望。

我常常回想起以前的事。

下雨了，我们共撑一把伞；没有伞，就在雨中漫步，竞相去踩坑里的积水。我们像踢足球一样去踢地上的易拉罐，有一次有个人买了条烟不慎落地，结果被我们一脚踢飞。

我想起我们曾一起做的白日梦。她说她最想做女飞行员，这样就可以免费到世界各地旅游吃各种好吃的，没准能写个《女飞行员日记》或者《与女机长同居的日子》，火得一塌糊涂。我说我最想做船长，到世界各地去挖宝，再盖个博物馆，天天收门票。我们一拍即合，夸夸其谈着怎样才能实施计划。

"一定要学好英语，最好把西班牙语阿拉伯语各种方言都给学了。"

她当时总结。我嘲笑她光一个英语就把她难住了，动不动就挂科。她说：“不是还有你吗？杨杰你要好好学习，到时给我当翻译。”

我是好好学习了，除了学好英语，我还自修了阿拉伯语，但这又有什么用呢？她已经不在我的身边了。

起风了，落叶了，我总想起她说的那句：“你说叶的离开是风的追求还是树的不挽留？”仿佛箴言，只是她的离开不是有人追求，也不是我的不挽留，而是我的懦弱愚蠢造成的。

下雪了。我戴着她织的围巾，一个人坐在天台上看雪，团雪球堆雪人。我想起以前和她就是这样看雪，我们还一起去过西湖看断桥残雪。洁白的雪，茫茫的人，虽然失了古诗词中唯美的意境，却因她的陪伴显得格外美好。

她跟我讲她妈妈给她讲的故事。她说以前天上下的不是雪而是面粉，麦子也从梢到叶全长满了穗。有一天，王母娘娘下凡变成一个要饭老婆婆向人讨吃的，结果人们宁愿把粮食给小孩擦屁股、喂猪都不给王母娘娘吃。王母娘娘生气了，就让天空不再下面粉改下雪，而且把麦穗捋得只剩一个。

“所以说面对讨食的人一定不能拒绝。”说着，她趁我不备，一口吃掉我手中的小笼包，并调皮地找着理由。

我依旧每天叠一颗心。

原来的玻璃罐早已装满。我换了个大的，又换了个更大的，又换了个更更更大的。纸做的心越攒越多，可自己的心却空空荡荡，没有着落。

学了很久的魔术，无聊的时候我会玩两下。

记得第一次给陈阳表演空手丝巾的时候，一不小心，让她看到了戴在手指的道具。第二次表演火变玫瑰，我又失手被火烫了一下。

陈阳为此笑话我是魔术界的卓别林。发现比起变魔术，陈阳更喜欢看我出糗，我便经常出其不意地故意出错，以让她开心。

如今，我变魔术的技巧越来越熟练，却再没有她来笑话我或是夸奖我。

有时候我会开着车到处转。我最喜欢去海边，坐在软软的沙滩上，吹着海风，去看茫茫无际的海。

其实在我拿到驾照的几年前已经会开车了。拿到驾照的那天，正好是军训结束的第二天。我带她去了海边，其实那天赵倩倩跟我们一起去了，只不过她特别怕晒黑，就一直坐在遮阳伞下给我们看行李。

我和陈阳便两个人一起玩。

那天陈阳穿了套红色连体泳衣。说实在的，她的身材并不是特别好。胸不大，有点小肚腩，小腿也有点粗。但情人眼里出西施，我觉得她青春又性感。

我们两个比赛谁憋气憋得久。陈阳不会游泳，学了很久还是不会，便坐在游泳圈上，让我游着往海里拖。我们两个开了摩托艇，她开太快，老被负责的人说。不过她很快就忘了，根本停不下来。

我被她用沙子埋起来。她拿吃的喂我，兴致勃勃。我们两个还爬了山。上山的时候，她非要背我，结果没几步便累得气喘吁吁，瘫坐在地上站不起来。

“杨杰，你要减肥。”

“是你力气太小了。”

“胡说九道！我能在你睡着的时候掰开你眼皮子，你能吗？”

“好吧，你赢了。”

“赢了有奖励没有？”

“没有。”

“不公平。”

“好啦，待会请你吃烧烤。”

“我要吃火锅。”

“好好好！一切听您老的。”

“你才老呢，我现在风华正茂美不胜收。”

“好好好！您老丰姿绰约风情万种。”

“滚！”

“哈哈哈，滚就滚！”

“杨杰你等等我！等等我！”

…………

我跟她一路嘻嘻哈哈，没个正形。海滩上的赵倩倩早被我们忘到九霄云外。

下山了，又换成我背她。背着她，我终于体会到什么叫“甜蜜的负担”。我满脑子都在想，要是可以一辈子这样背她该多好。

夕阳很美，美得我们一起唱起《夕阳之歌》。

“斜阳无限 / 无奈只一息间灿烂 / 随云霞渐散 / 逝去的光彩不复还 / 迟迟年月 / 难耐这一生的变幻 / 如浮云聚散 / 缠结这沧桑的倦颜 / 漫长路 / 骤觉光阴退减 / 欢欣总短暂未再返 / 哪个看透我梦想是平淡 / 曾遇上几多风雨翻 / 编织我交错梦幻 / 曾遇你真心的臂弯 / 伴我走过患难 / 奔波中心灰意淡 / 路上纷扰波折再一弯 / 一天想到归去但已晚 / 啊 / 天生孤单的我心暗淡 / 路上风霜哭笑再一弯 / 一天想 / 想到归去但已晚……”

唱着唱着，我俩又开始东拉西扯。

“陈阳，我猜你现在有九十三斤。”

“哈！错了，一百零二。怎么样，看不出来吧？”

“早看出来了。不恭维你你会说实话吗？”

“滚！”

“那我真滚了？丢你一个人在这深山老林。”

“滚！”

“你到底让我滚还是不滚？”

“你猜啊！”

“猜不到。”

“哈，这就对了。”她笑眯眯地说，“我就是不让你知道，只能干着急。”

“……”我深感无语，“你赢了。”

我背她下了山，两人去了火锅店吃火锅。吃到半截，我忽然发现我俩把赵倩倩给忘了。我只好返回去，接她过来。吃了饭，我们三个又一起去 K 歌。我扯着破锣嗓子，陈阳也蚊子哼哼似的，只有赵倩倩唱得最好听。

中间我们各自选了首歌，看评分软件给我们打多少分。赵倩倩 95，我 67，陈阳 63。赵倩倩笑着说我和陈阳是歌坛 CP。

我颇具认同感地回应：“那是。”其实我心里一直在想：要是真的 CP 该多好。

如今细想起来，应该就是那天吧。那天过后，陈阳开始渐渐疏离我，每次赵倩倩找我，她都会找各种理由逃离。

我想应该是赵倩倩跟她说了什么才导致的。赵倩倩到底说了什么，现如今成了我心头的一桩悬案。

寝室老大又谈恋爱了。几天前，他还为被女友甩了的事痛哭流涕，喝了好多酒，撒酒疯说“女人没一个好东西”。没几天，有了新目标，立马生龙活虎，好像失恋的不是他。

我说：“既然女人没一个好东西，你干吗还谈恋爱？”

他抽着烟咧着嘴笑：“女不坏男不爱。”

老大约会的时候，经常叫我跟着去。我知道当电灯泡不好，可一个人实在无聊，经不住劝，总是觍着脸跟在后头。

我看不得老大像低龄儿童一样与女友嬉笑玩闹，除了羡慕更觉孤独。我想起我和赵倩倩谈恋爱的时候，陈阳总是找借口闪人。

那时的她是不是和现在的我一样孤独？所以她总是不停地谈恋爱，谈了很多次恋爱，以排遣心中的寂寞。但我却以为我跟她是襄王有梦神女无心，更加没有勇气告白。

老大和女友约会的时候，基本上我都一个人行动。他俩去看演唱会，我就去展览馆。他俩进鬼屋，我就去打气球。他俩看马戏表演，我就去吃自助餐。他俩坐过山车，我就去坐碰碰车。他俩坐海盗船，我就去坐摩天轮。

十四年太长，蓦然回首，我发现我们做了太多类似情侣的事，以至于这个城市到处是我们的印记。

我记得她十八岁生日非要挑战蹦极时的惨样，记得她每次玩碰碰车时快乐的表情，记得她在公交站牌下举伞见到我时的蓦然一笑，记得她抓娃娃时的认真又兴奋的眼神。

公园、游乐场、图书馆、超市、公交站、地铁站、电影院……我就像夸父逐日，去追逐过去的光和影。

有些场景被我拍了照片，无聊时翻看一下以作缅怀。没有拍的，我会像温习功课一样重新来过。只是没有了她，我心如死灰，再也感受不到曾有的兴奋和快乐。甚至蹦极时候，我脑子里竟然想："绳子要是断了多好。"虽是一瞬的想法，却可见我的心情差到什么样的地步。

陈阳有时候会在微博上分享音乐和看过的书籍或影视剧，我便会跟着去听去看。

曾经的我和她戴着同一副耳机，坐在一起或躺在一起分享着同一首歌。我和她面对喜欢的书籍或影视剧，总是相互讨论着剧情，讨论着喜欢和讨厌的角色。我们一起吐槽《龙珠》和《死亡笔记》烂尾，吐槽白雪公主里的王子其实是个恋尸癖，吐槽那个抢女巫打火匣的士兵根本是强盗，吐槽美人鱼是个大傻叉。

她说："我要是美人鱼，一定把王子捅了。我才不会为了不爱自己的人去牺牲一切，甚至是自己的生命跟自尊！"

陈阳曾说她最想要的是哆啦A梦的任意门，这样她就可以去任何想去的地方。她最喜欢的角色是《飘》里的斯嘉丽，虽然她很现实很功利，但聪明勇敢有主见。这是她希望自己能有的品质。

我当时笑话她："所以，你在变相说自己笨蛋懦弱没主见吗？"

"起码我有颗向上的心。"她不以为意地笑着说，"相熟产生轻蔑，我才不在乎你看不看得到我美丽的灵魂。"

我弹了一下她脑门："真臭美。"

偶尔，我俩会看法不一致。争执激烈的时候，我俩常忍不住"干架"——并非真的打起来，而是相互胳肢、抢对方的零食、嬉闹玩耍。闹到最后，两人常笑成一团。

而现在，我只能独自一个人，没有分享的人，寂寞感总是一阵阵地袭来。

除了新电影，我开始重温和陈阳一起看过的影视剧。很奇怪，陈阳最喜欢的居然是《英雄本色》《喋血双雄》跟《赌神》，爱情彻头彻尾打酱油的片子。其实仔细想想不难理解，发哥演的角色帅到爆，怪不得她会喜欢。

作为发哥的拥趸，陈阳不仅把所有台词全抄在笔记本上，学习洗牌技巧，还模仿小马哥拿钞票点烟的经典动作。我觉得这是男孩子才会干的事，可她偏偏干得出来。

当时的她只有十一岁，嘴叼着烟，笨拙地拿着五毛假钱点上，呛得咳嗽又流泪，却偏问我："杨杰，你看我帅不？"

"蟋蟀的蟀！"我拿了墨镜戴上，有样学样，"小丫头片子，这样才叫帅好吗？"

大人们灌输的小孩子不能抽烟的理论被我们抛到九霄云外，最后的结果当然是招来父母的批评。事发前，我学着豪哥的台词，很豪迈地对陈阳说："你先走吧。我还有点事要做，我会跟你会合的。"

"那我走了。"陈阳眯着眼笑，蹦蹦跳跳地离开了我家。

我原本想装硬汉来着。但当我妈闻到烟味、手指揪住我耳朵的一刹那，我立马吓尿了："妈，我再也不敢了。"

固执又包子性格的我，不知不觉已到了弱冠之年。

如今的我再怎么抽烟，抽再多的烟，即便让我妈看到我真的拿着张假钞票当纸烧，换来的也只是轻飘飘的一句："吸烟太多对身体不好。"

所有人都变了。

我忽然发现《英雄本色1》里的豪哥，成了《还珠哥哥3》里的皇阿玛，发现演豪哥的狄龙年轻时是个大帅哥。我发现发哥也开始变老。我发现虽然被刺激的剧情吸引，但更执着于去研究一把手枪究竟打出多少颗子弹。以前对谈恋爱有点厌恶的我，如今对爱情动作片有种发自内心的狂热。

“我等了三年，就是要等一个机会，我要争一口气，不是想证明我了不起，我只是要告诉人家，我失去的东西一定要拿回来。”

小马哥等了三年却换来死的结局。我也不知道自己能等多久，才能等到陈阳回到我身边。做不了情侣，做朋友，哪怕点头之交也好。只可惜……

实在忍不住对她的思念的时候，我会到学生会办公室门口或是她宿舍楼下徘徊一阵，然后离去。

礼堂也是我常去的地方。只是自从和陈阳闹掰，她再也没在公共场合出现过。她怕我看到她、怕我和她产生联系怕到神隐的地步。没办法看到她表演的我，只能像个小偷、像个意淫狂一样，躲在角落里看着别人的表演，将那些人幻想成陈阳在台上的样子。

有时候我会远远地站在她家楼下，去看她房间亮起的灯光和她活动的身形。不同的是，曾经我可以上楼进她房间，而现在，只能遥遥相望。

有一次我运气不错，看到她下楼丢垃圾。她穿着睡衣拖鞋，光洁的额头，仿佛在发光。我恨不得飞蛾扑火一样立马冲过去跟她打招呼，但我还是忍住了。因为我觉得我应该把选择权交给她，我应该耐心等待着她的原谅。

我默默地看着她丢垃圾，默默地看着她走向我们曾经坐过的秋千架，默默地看着她坐在秋千架上荡秋千，默默地看着她坐在秋千上一动不动地发呆。

那一刻，我流泪了，我觉得自己感受到了她的心。我感受到她和我同样地孤单，同样地寂寞。

老大跟女朋友又分手了。分手的主要原因是因为我。老大说那女的觉得我看上去特深沉有内涵，就喜欢上了我。

老大特不服，喝醉了酒说："丫的失恋一次就失出内涵，我比你失恋次数多多了，比你有内涵多了，真是没眼光。"

我只能一边陪酒，一边无奈地苦笑："这世界看脸。"

"瞎掰！"老大捶了我一拳。

之前说过，从那年的11月份到次年的6月份我都没有和陈阳联系过，包括我的生日，她都没有参加，连个祝福的短信都没有。

十几年来，我早习惯了年年生日有她参加年年有她的祝福。当发现她决意不再给我过生日的时候，我的心几乎崩溃了。

就像一个有强迫症的人，虽然身边有了苹果，但因为喜欢吃梨，就会一直惦记着，纠结着，变得很不开心。

千呼万唤，傍晚时分，我终于收到一个快递。我以为送的人是她，以为这是一个转折，是我和她关系缓解的证明，开心得我竟然当着众人的面哭起来。往常，我绝对不会这样。

众人起着哄让我拆开。我拆开了，发现里面装的是戒烟贴。

其实那一瞬，我便看出东西不是她送的，因为只有亲近的人才知道我最近抽烟抽得厉害。可我又忍不住幻想：“万一是她送的呢？万一是她从别人那里得知我最近抽烟抽得很厉害呢？”

我恨不得立马冲到她面前，问她：“是不是原谅我了？是不是把一切都放下了？”不过我始终没有这个胆量，我怕自己热脸去贴冷屁股，竹篮打水一场空。

不过，很快就是她的生日。我想趁机给她一个惊喜，没准她就会考虑原谅我了。

因为她的生日是七月初，临近学校放假。虽然之前说好了不再联系，但是她生日前，我还是蠢蠢欲动，想做些什么。

我特意提前一天租了套她最喜欢的轻松熊人偶服，提前一天买好了99只氢气球，和寝室的三个室友用油性笔在每个气球上都写上“生日快乐”。

她生日那天足有三十六七摄氏度，艳阳高照刺眼，如烤火一般，就是穿着T恤在外面五分钟不到也会满头大汗。可我愣是穿着厚厚的轻松熊套装，拿着气球在她宿舍的楼下整整站了一天。

临近放假，学校里的家长和学生都很多，来来往往的人都会停下脚步看一会儿，有些人拿着手机拍啊拍，甚至走过来跟我合影。一些女孩激动地说着：“好浪漫啊。”

因为我戴着面具，没人知道我是谁，也没人知道我是在向谁祝福。

可是我知道，如果她看见了，或者有人跟她提过，她一定会知道那个熊是我。我不奢望她会被感动，只要她能够看见或知道就够了。

我整整在她宿舍楼下站了一天，从早上六点到晚上十点。日升日落，月暗星稀。寂寞地开场，又寂寞地结尾。

我用发哥曾说过的台词安慰自己："其实爱一个人并不是要跟她一辈子的。我喜欢花，难道你摘下来让我闻；我喜欢风，难道你让风停下来；我喜欢云，难道你就让云罩着我；我喜欢海，难道我就去跳海？"

虽然失落却也释然。因为我终于可以耐下心来继续等，而不是在无限的幻想中辗转反侧。

Level 27

枉费相思

自打和陈阳不再联系后，我也去学了托福和 GRE，还报了七月份的托福考试和八月份的 GRE 考试。我计划着等成绩出来以后，再去找她一次，和她一起投递申请，她去哪里我就去哪里。

这段时间，不同于大一大二的吊儿郎当，我在学习上开始变得很用功。我不想成绩出来以后不如她，她去的学校，我却无法申请，我不允许自己再犯高考时的错误。

GRE 考试遇到了新题目。不过我还是考得不错。托福 111，GRE325。我想我终于可以找她了，告诉她我可以陪她去任何她想去的学校，无论她去哪里都有我陪着她。

已经连续九个月没有联系了。不，是她单方面没有联系我。而我，每天都看她的校内，看她的豆瓣，看她的微博。我每天都去看她的照片，去寻找有关她的回忆。关注她的点点滴滴已经成了我每天的一部分，就像从前那样，她一直是我生活的一部分。

八月末再开学就已经是大四了。

刚上大一的时候觉得自己还只是个新人，四年还很长，可以做想做的事，痛痛快快地玩。可是真到了大四，才发现四年其实很短，弹指一挥就过去了。

想到自己很快就要离开这个和她相处过的地方，这承载了我记忆的地方即将不属于我，我突然无比恐慌，一百万个一千万个舍不得。我好怕毕业后与她风流云散，各奔东西。这样她就算真的原谅我，可联系不上，我也没办法知晓。

虽然已经九个多月没有联系过了，但我还是不敢贸然直接找她。我怕还是上次的那个结果。思来想去，我只能先悄悄打电话给她室友，打听一下她目前的状况。

她室友说："陈阳最近去实习了，这段时间可能不会再回学校了。"

我听了没反应过来："什么实习？"

她室友说："就是龙腾公司的实习啊，上次龙腾公司来我们学校招聘，你不知道吗？"

这半年来，我一直在忙着准备托福和GRE，根本就没打算过找工作，哪关心过什么校园招聘？我一头雾水："没有啊，我不清楚。她不是考了托福，准备出国读研吗？"

她室友说："半年前她就放弃了。她说她没办法安心读了，成绩也一般，不想再读下去了。她爸妈也不放心她一个人去那么远。她家就她一个宝贝女儿，一出国就是三四年，搞不好都不回来了呢……"

听到这儿，我的心凉了半截。之后她室友还巴拉巴拉地说了些什么，我一句没听清。我的心思早随着她飞走了。我打断她室友的话，问道：“那范俊山呢？”

她室友反问：“范俊山谁啊？她男朋友吗？”

我愣住了，过了半天才反应过来，说了声“我知道了，谢谢”便挂了电话。

突然地，我觉得自己特别可笑。小学毕业时打滚耍赖要和她去同一所学校，结果被我爸暴打；中考时候偷改志愿，气得我爸妈半年没给零用钱；高考时故意少做题，结果差了 4 分没考上，爸妈到处托关系差点跑断腿；现在，我拼了命地学习，托福考了 111，GRE 考了 325，结果却听到了她放弃出国留学的消息。

那一瞬间我觉得我就是个傻 ×，就是个杨白劳。我努力地想和她在一起，结果非但没在一起，反而离她越来越远。我所做的那些荒唐的事，就像枷锁一样束在我身上，无法挣脱，只能眼睁睁地看着她离我而去。

难过的次数多了，人往往会麻木，甚至忘了自己当初为什么会难过。只是习惯性地将自己束在难过的圈子里，潜移默化地让难过成为生活的一部分。

故作深沉地喝了几瓶酒，回到寝室，我躺在床上一根又一根抽烟，也不知道抽了多少根，地上一堆烟头。昨晚我没睡觉，我以为今天可以见到陈阳，所以激动得睡不着。

我一边抽烟一边胡思乱想。抽着抽着，困意渐渐涌上来，不知不觉我闭上了眼。很奇怪，明明我对陈阳朝思暮想，却没有梦到她。我想我的大脑可能被我蠢哭了，开始自动屏蔽和陈阳有关的信息。

我是被老大一盆水泼醒的。我懊恼地抓过毛巾擦了擦脸，大吼道："搞什么啊？"

老大说："你差点把寝室烧了知道不？"

扭头看见床单上灼了个洞，我"哦"了一声，有气无力地转个身继续躺着。我听见室友们嗤嗤的笑声，忽然想起刚才瞧见老大高挽着裤腿，一手拿着个大红盆，似乎是他的洗脚盆。

我问道："你泼洗脚水？"

一群人狂笑起来，老大也嘿嘿笑着，看上去很不好意思。

我冲进卫生间开始疯狂洗澡。人就是这样，倒霉起来连喝凉水都塞牙。洗完了，我直接把老大从他床上拽起来："今晚我睡你床。"老大也不跟我争，而是起身坐一旁看动画片。他居然看《天线宝宝》，一边看还一边白痴似的笑。

我越来越烦，于是就说："你能不能别笑了？"

老大说："你可以跟我一起笑。"

"唉！"我真是懒得理他。

过了会儿，老大把《天线宝宝》给关了，拉凳子坐在我跟前，给我递了支烟，自己也点了一支抽起来。

我把事情告诉了老大，老大显得很平静，说他刚才路过，已经听到了我的话。

我问老大："你觉不觉得我就是傻 × ？"

老大没有否认："嗯。"

"操！"我忍不住再次爆粗。

老大突然问了我一个特别恶俗的问题："如果给你一次重新选择的机会，你还会这样吗？"

我摇了摇头："不会了。"

老大惊讶地看着我，停顿了会儿说："嗯，多情不如无情好，这样子最好。"

发现他会错意，我苦笑了一下，往下继续说："如果给我一次重新来过的机会，我就不会在这里穷折腾了。我会在小学一年级的时候，就揪着她的小辫子告诉她从今天起你就是我的了。我会在初中她说喜欢梁博的时候恶狠狠地对她说不就因为他长得像我吗？正版才是质量保证，当然你非要选择盗版的话，我会不择手段把你们拆散。或者我会在高中她问我要不要和赵倩倩在一起的时候，勇敢地跟她说，我不会跟任何人谈恋爱，除非那个人是你。或者我会在大学她要和黄峰在一起的时候，狠狠地把黄峰揍一顿……"

或者或者再或者……再或者再再或者……有太多的机会在我面前，可我一次又一次地错过。

星期六回到家，趁着吃饭一家人坐在一起，我很严肃地跟我爸妈说："爸！妈！我不打算出国了。我想找份工作，或者读研也行，我不想离开这儿。"

可能我爸妈已经习惯了我从小到大这么多次的混账举动。这次他们居然没有发火，而是沉默着不发表任何意见。

越是沉默，我心里越没谱。虽然我知道无论他们反对与否，我都会这样做。但现在的我特别害怕沉默的气氛，就像阻断了交流，用无声来抗拒。

我小心翼翼留意着我爸妈的情况。我爸冷着脸，只顾吃饭。我妈朝我使了使眼色，摇头示意我别再说话。

幸好，我爸很快就把饭吃完了，有了打破这种沉默的机会。碗一空，我立马起来拿碗添饭，放到他跟前。我爸扒拉了两口饭后停了下来，筷子往碗上一放，也不看我，说："随你吧。"说完，便背着手回了卧室。

我妈连忙附和："嗯，我看留在我们这儿发展也挺好。"

"谢谢。"我说。

这两个字对我而言，山一般地沉重。

不知不觉中，我父母都老了，两鬓斑白，脸上也长出皱纹。他们为我操碎了心，但因为我长大了，不好再限制我，只能由我使性子。一想到这儿，我觉得自己真的是辜负了他们，他们对我的恩情，一辈子都无以为报。

我开始每天在网上投简历，找实习的地方。

一封封简历石沉大海，要么直接回复说不合适。与此形成强烈对比的是我那些考上了 211、985 学校的同学们，不时在同学群里炫耀他们找到了国企、央企、全球五百强之类的好工作。我羡慕嫉妒恨，自叹弗如又无可奈何。我这才意识到，一个普通的一本学生在这个满是 985 学校的城市是多么不被看好。纵然金子满地，沙子却还是沙子，不会物以稀为贵。

最后，我去了一家规模很小的外企。公司虽是外企，老板却是中国人，有着很多中国老板的通病。实习生每天被使唤得团团转，吆五喝六的，也不给加班费。

我的同学们都理解不了，为什么我拿着托福 111、GRE325 的成绩还要去一个烂企业。其实我也理解不了，很多时候我都理解不了自己。我想可能是这里虽然工资低活又多，但可以让我真正地忙起来，这样我就可以没心思再去想陈阳了。

这时候，我已经和她快一年没联系过了。我拿着微薄的工资，每天忙得像蒙眼拉磨的驴。只有在半夜躺在床上的时候，我才会拿着手机偷偷地看她的微博还有豆瓣，看看她和哪些人出去玩了，吃了什么，心情如何。她似乎一直很开心，发的都是积极向上阳光正面的内容。她好像真的忘记我了，我想我可能真的已经淡出了她的生活。

记得原来她每天上网，都要在人人和微博上 @ 我，跟我分享有意思的东西。要是见到什么好吃的，她会吵着让我做给她；看到生活小常识，也会一股脑地丢给我，说以后可以用到；看到那些漂亮的风景照，她又会跟我提："找个时间去那儿玩好不好？"

我曾经挖苦她说："像你这么黏人、没有自理能力的人，也就我愿意惯着你。离了我你就去死吧，遇见我真是你上辈子修来的福。"

当时的她对我一脸鄙视："呸！没学过达尔文的进化论吗？人类为了适应环境是会进化的！"

当时的戏言今已成真。现在看来，她确实进化了。我高估了自己在她心中的重要性，没有我在身边，她一样活得很好，甚至更好。反而是我，没有了她在身边，像是被人抽走了所有快乐。

我怀疑她是不是在离开的时候偷偷带走了我身体里的某个部分？要不然为什么我每时每刻都觉得自己不完整？

我感觉自己和原来不一样了，但是又说不清到底哪里不一样。我还是像原来那样住在学校宿舍，吃了早饭去公司实习，晚上回到寝室闷头睡觉，周六周日回家和爸妈吃饭。爸妈不在家的话，就在寝室和那几个没有单位要的哥们儿一起开黑。

偶尔我会到她上班的公司楼下看一看，到她家居民楼下看一看，看能不能见到她，但更多还是像从前那样在网上关注着她的一举一动。

她在微博上写公司的同事都对她非常好，领导也很喜欢她，她对公司印象不错，毕业后就可以顺利转正。最近她家的狗总是犯精神病，在客厅里转圈乱叫，她觉得它是想恋爱了，准备带它相亲。她和朋友去喝咖啡，然后被一个帅 T 搭讪，她跟帅 T 说她已经有女友了，就是她旁边那位……各种各样，或平淡或新奇的事。就仿佛她亲口讲给我听一样，她从来没有淡出我的生活一样。

看到她开心，我通常会跟着开心，随即心里跟着一阵失落。我想是因为她的开心，我没有一次参与过，因为她的开心不属于我。

Level 28

覆水难收

时间一晃，很快就到了毕业季。

一群人穿上傻傻的学士服，顶着可笑的学士帽。女生们和要好的朋友抱在一起哭；男生们相对内敛些，相互拍拍对方的肩膀，送几句祝福，也有眼圈发红的，虽然会被嘲笑像个女人，但也只是善意的玩笑。

大家心里都不好受，伤感笼罩着整个校园，又与希望同行。

陈阳也回学校了，和其他同学一样的穿戴。但是学士服穿在她身上却仿佛量身定做，清新自然，没有一丝违和感。

我的目光一直停留在她身上，显然她也看到了我。这是一个大家都无法回避的时刻，在我俩目光交接的时候，她冲我礼貌地笑了笑。

等我意识到那不是错觉，正犹豫着要不要走过去跟她打招呼的时候，她已转身跟别人打招呼去了。

全系合照的时候我们离得很远，后来我拿着那张长如卷轴的大照片仔细数了数。她在第二排左数第二十四个，我在最后一排右数第三十七个。

全系大合照后是班级合照，再然后就是同学之间随意的合照。

我当时带了一个单反，一直在偷偷地拍着她。我从镜头里看到她大方地朝我走过来。

我慌作一团，放下相机，不知所措地站在原地。还是她先冲我大方地笑了笑："我们合个影吧。"

我之前已经无数次说过，只要是有她在的时候，我都会瞬间变得很幼稚。我立马没了正行："你脸大，相机照不进去。"

她咬着嘴唇，想笑硬是没笑。

寝室老大在旁边，见状，一把抢过相机，狠狠地捶了我一拳："还愣着干啥啊？赶紧摆 POSE，我给你俩照，快点快点。"

我站在她旁边，她胳膊挽着我的胳膊，头微微向我肩膀靠过来以表亲昵。我的手不知该往哪里放，是张还是合，脸上也不知道该摆出什么表情，是抿嘴笑，还是咧嘴笑。就在我犹豫不决的时候，"咔嚓"，老大将我们拍了下来。

后来我把这张照片做了缩印。照片上的她紧挨着我，笑得很甜。我则是一副傻傻的表情，笑得很尴尬，很古怪。虽然我俩相识了十多年，但合影并不多，自从大一报到之后更是没再合影过了。

所以这张对我而言弥足珍贵，直到现在，我的钱包里依然放着这张合影。有事没事拿出来看看。

照完毕业照以后，很多人开始收拾行李。有人把行李搬到了出租房，做好了在这个城市打拼的准备，也有人把行李搬回家安心在家宅着，更多的人是上了列车或者回家乡或者是去下一个城市漂泊……我早已经把该拿的东西都拿回家了，在校园里转了一圈，留下最后一点回忆后就回了家。

下午六点多，我躺在沙发上名为思考人生实则胡思乱想。就在这时，门突然啪啪啪地响了。有人像拍死狗一样拍我家门。

我开了门，发现竟然是陈阳。她拖着两个大行李箱走进来，把箱子往玄关一丢，然后一屁股坐在了沙发上。

她上气不接下气，喘了好一会儿，才跟我说："我爸出差了，我妈去我姥姥家了，我没带家里的钥匙。"

我愣愣地看着她，心想她这么坦荡地跑到我家，是真的放下了？

我傻傻地站着发呆。她反而像到了自己家一样，落落大方："你愣着干吗？快给我拿吃的，我中午没吃饭，快饿死了。"

她这么一说，我更愣住了。

她站起来走到我面前，拍着我胳膊说："你又脑残了？"

这一下，我终于抑制不住了，眼泪哗的一下流了出来。那是我唯一一次在她面前哭。她把我按在沙发上拍着我的头，像大人安慰小孩那样说："乖啊乖啊。不哭啊，乖啊……"

我想把泪憋回去。任凭怎样努力，任凭她怎样安慰，依旧哭个不停。

我想问问她这一年半没有我过得好吗？我想告诉她我过得一点都不好，没有她跟我斗嘴，我连话都不怎么会说了。我还想告诉她，我的托福和GRE都考过了，为的就是能和她一起出国。我想问她是不是心里已经放下了，不再计较我以前干的傻事。我想说这一年多我没谈恋爱没419，无聊的时候就开个黑，寂寞了就打个飞机……

我有好多好多话想对她说，可是我什么都没说。

她继续像哄小孩那样哄着我。我一边揉眼睛，一边说："你歇歇吧，我是眼睛里进沙子了。"

这是个很拙劣的谎言。以前我和她总是吐槽撒这个谎的人是傻瓜，信的人更傻。如今这个谎落在了自己身上，陈阳定是不信的，却没有揭穿我。我到厨房给她煮了碗泡面，面里放上卤蛋和茼蒿，又给她洗了苹果。

吃完面，她开始跟我聊天。说是聊天，其实只是她说着，我听着。

她说她的室友们都找到了工作。她说托福太难了，她考了四次才考到八十一分，干脆就不念了。她说她七月份生日一过，就要和公司正式签约了，很开心。她说她爸妈总是问她为什么好久没看到我，怎么不和我玩了。她说她男朋友和她是同一个公司的，对她非常好……

当她说到"男朋友"的时候，我本能地绷起神经，追问："你说什么？谁对你非常好？"

她笑着说："我男朋友啊。"

我说："你今天过来就是要告诉我，你已经有男朋友了，是吗？"

她无语地翻了个白眼："你这人是不是有病啊？"

我咬了咬牙，吼回去："对，我这辈子最大的病就是傻X一样喜欢你。"

"你能不能别这样？"陈阳叹了口气，"我好不容易才想着尝试跟你做回朋友。"

我觉得当时自己一定是疯了，她好不容易肯理会我了，我竟然还不知足，竟然还想得寸进尺，竟然还生气地冲她大喊："谁想当你好朋友了？我他妈从来就不想当你的好朋友！"

我深吸了一口气，说出了我这辈子最后悔的一句话："既然我们不能当情侣，那我们干脆就继续像你之前说的那样当陌生人吧。"

她看着我，勾了勾嘴角，笑容有些冷："我跟你说杨杰，我现在真烦透你了，我从前是瞎了狗眼居然喜欢你这种人！"

我没有回应，冷冷地木讷地站在她跟前。

她气急败坏地说了句："最好再也不要再见了！"说完就拉着箱子摔门走了出去。

我没有追，像上次在校园里吵完那次一样没有追。我不担心她拉着箱子没有地方去，因为她刚才从包里拿纸巾的时候，我看到她的钥匙就在包里面。

从那以后我和她再也没有联系过。她没有联系我，我也没有资格联系她。我说过我经常搞不懂自己，总是得一想二，得寸进尺。

一个人独自寂寞，我仍旧像偷窥狂一样，每天翻看她的人人微博豆瓣，从来没停过。

慢慢地，我的生活也步入了正规。我毕业后没有留在实习的那家公司，而是去了一家国企。

我跟我爸妈说这个公司的人都很平和，没什么太大的工作压力，适合我这种包子性格。我爸说：“先干着，以后再说。”看得出来，他对我找的这份工作并不满意，他对我抱有更高的期待，所以他失望了。

失落地吃完饭，失落地躺在床上，我照例像往常那样去刷陈阳的微博和豆瓣。我很想知道她和她男友的状况，但是她从来就不像其他女孩那样在网上秀恩爱、晒幸福。所有的社区都看不到一丁点她的恋爱状况，就像一张白纸。我搞不清任何状况，只能胡乱揣摩。

后来我的手机被偷了，手机里的所有资料统统遗失。换手机后，我在 QQ 里群发了新的手机号码，唯独没有告诉陈阳，因为我知道，就算我把号码告诉了她，她也不可能再联系我了。

但我一直记得她的号码，并将其小心翼翼地存在了通讯录的第一位。

我以为我和陈阳就这样毫无瓜葛，就这样平淡收场了。但有一天，陈阳的微博突然开始提到了我，提到了我们的过去。

最让我感动的是她最近发的一条微博：“感谢十多年来有你相伴。虽然种种因由让我们远离了对方，但思念并未因时间而衰减。我理解你的口不择心，我期盼着与你重逢，期盼着如从前一般相处。希望那时候，你跟我能够放下心中的坎，旧貌换新颜。祝你幸福，也希望你祝我幸福。”

我感动得泪流满面。我发现自己突然看开了，放下了。我满脑子都在幻想着哪天能找机会，亲口对她说：“对不起。伤害到你了，朋友。”

我一直计划着，但直到今年的1月24号。这天晚上，我和哥们儿打牌的时候，突然收到了赵倩倩的信息：“她要结婚了。”

第八卷

梦中的婚礼

长时间喜欢某个人以后会很难忘记，原因并不是这个人本身有多么难忘，而是在喜欢她的漫长过程中自己渐渐就变成了第二个她，举手投足之间都是她的影子，每次看到自己，就更加忘不掉她。

Level 29

她要结婚了

回忆到此为止。

收拾完东西，我躺在床上辗转反侧。

小学、初中、高中、大学……我脑中像放电影一般回想着过去的种种，快乐的、伤心的。因为不完美的结局，那些曾经快乐的事，如今回想起来反而更让人觉得悲伤。

从梁博、黄峰、范俊山，再到她即将结婚的对象——我不停地回想着她交往的人、交往的类型、交往的人的特点。全部的想法，满腹的疑问，最终滞留在她即将结婚的对象身上。

那个人长什么样？是高还是矮？是胖还是瘦？是黑还是白？长得像我吗？性格温和还是开朗？是不是比我要主动许多？我认识吗？

所有的疑问凝集在一起，形成了一只巨大的无形的怪兽，我看不到听不到感受不到，我无力反抗，只能任它攻击，无比恐慌。

陈阳要结婚了，嫁给一个我不了解、不知道的对象。

她爱他吗？他爱她吗？他一定是爱她的，她是那么美，那么可爱。她也一定是爱他的，否则不会选择嫁给他。

那个人身上一定有着我不及的优点。这些优点吸引着陈阳，使她答应了对方的求婚，使她决定和那个人相处一辈子。

她的婚礼会是什么样子？在哪个地方举行？中式还是西式？隆重还是简单？她的公婆喜欢她吗？她未来的丈夫会不会介意她的过去？被她丢在半路的我要不要追上去？追上她的步伐？我要不要厚着脸皮去参加她的婚礼？要不要当场向她表白，把她从婚礼上拖走？

我满脑子问题，思来想去，心乱如麻。我想睡过去，这样就不再纠结了，但根本停不下来。然后我就失眠了，躺在床上整整一个晚上，从天黑躺到天明，一直躺到我妈敲门叫我吃早饭。

饭桌上，我犹豫了很久后对我爸妈说："爸，妈，我想申请美国今年秋季的研究生。"

我爸惊诧地看着我，脸上带着些许无奈。我想他肯定觉得我又是哪根筋搭错了，想起一出是一出。我妈倒是依旧关心地问："怎么了？怎么又想出国了？在国企不是干得好好的吗？"

我自揭伤疤："陈阳结婚了。"

大概是我的表情太过沉重忧伤。他俩都愣住了，面面相觑。过了片刻，我爸摘了眼镜，揉了揉眼睛，说："我困了，睡个回笼觉。"

见我爸走了，我妈说："你们认识这么久了，红包记得多包点。"

我低着头落寞地说："我不想去，她也没请我。"

本来以为说服爸妈同意我辞职会是一件很艰难的事，结果他们很轻易就同意了。

想想也是，作为合格的父母，他们一直都在为我的幸福而努力。虽然我不在他们身边，虽然我的"不靠谱"总让他们难过，但只要我过得好，他们最终都会心甘情愿地接受。

自从知道陈阳二月九号结婚，我的世界仿佛装了定时炸弹，每一天每一小时每一分每一秒，对我而言都是煎熬。我每天做得最多的便是看日历，仿佛看了时间就会停下来，陈阳的婚礼便往后推，而我便会有时间解除炸弹，结束心中的苦痛。

我如中考高考，倒计时一般地过日子。

一月二十五日，尽管难过，我还是像往常一样去了公司。因为到了年关，辞职连申请表都不用填。我跟领导和同事们说明年不来了，准备到国外留学。所有人都在祝我好运，领导也笑呵呵地说希望我回国之后，重新回来上班。我回笑着说好。

晚上下班回到家，我又收到了赵倩倩的微信。

赵倩倩给我发了很长的一段话："其实我高中的时候就知道你俩相互喜欢，我能看出来，只是我不想承认而已。当女孩子喜欢上一个人的时候，就算是好朋友喜欢的对象，也还是不想输的。

"记不记得有次我们去海边。你和陈阳两个人玩得不亦乐乎，还把我丢在海滩上跑了。从那天起，我意识到再这样下去就会失去你，我就跟陈阳说我跟你上床了。人流手术也是我特意叫她陪我去做的，我就是想让她对你死心。

杨杰，这些话其实我一直想对你说，虽然我做了那么多，但是我一点都不觉得对不起你。”

我对着手机屏幕直叹了口气：“过去的事不要再说了，是我对不起你。”

如今无论是谁和我提起陈阳的事，我都会像被卡住喉咙一样喘不过气。我不愿意多谈，只想永远把她埋在心里。错过的，终究是错过了。

一月二十六日，我还在上班，下班后我去了一个中介机构咨询。接待我的老师说我的成绩申请全美综合排名前六十的大学是没有问题的。我记得陈阳说过她想去 Syracuse，虽然 Syracuse 不是前六十的。但是我突然好想申请去那里，我想替她去她没能去的地方看一看。于是我就领了张 Syracuse 的申请表。

我看着那张表发呆了很久，久到我连梦里都是那张表。我梦见我填了那张表，去了 Syracuse，她穿着学士服，站在校园里看着我笑。

一月二十七日，我没有上班，特意跑到她要举行婚礼的酒店，去看一看。那个酒店装修豪华，但价格还算合理，看得出陈阳选在这里结婚是经过深思熟虑的。

适逢年关，结婚的人扎堆，一路上光婚车队就见了好几次，这个酒店同样举行了好几场婚礼。我随机找了场，给了个红包后混了进去。我坐在离主席台最远的位置，静静地观察着台上的新人，幻想着陈阳结婚的样子。看得出那对新人并不太幸福，郎无情妾有意，迟早会出问题。

可他们还是结婚了。

我忍不住去想，陈阳跟那个人结婚是真心相爱，还是一个人配合着另一个人去唱独角戏？不管怎么样，他们还是结婚了。我彻底失去了她。

一月二十八日，我回到我们两个上过的小学。

因为放假，学校大门都锁了，只留下看门的大爷。大爷在这里看了二十多年门，阅人无数，却不想他竟一眼认出了我，寒暄过后，放了我进去。

我站在待了六年的那间教室外面，透过玻璃窗向里面看去。教室里早换了桌椅，单人的，崭新的，还装了空调、电脑跟投影仪。耳目一新。

我在校园里溜达了几圈，又去了曾待过的初中跟高中。直属大学也去看了，虽然没能和她在那里上学，但毕竟是我们梦想过的地方。

一月二十九日，我照常上班。年关将至，忙碌的高峰期已过，开始收尾工作，清闲了许多。我一整天都在逛淘宝，寻找有创意的结婚礼物。我想除了礼金外，再送她点什么。但看了一天，一无所获。老大在群里跟我说："给她送伞。老公不举，便是晴天。"我忍不住笑了起来，又好笑又心塞。

我想把我叠的那堆心送给陈阳。但想了想，最终买了一套婚纱。

一月三十日。

下午婚纱快递过来了，雪白的，层层叠叠，云一般漂亮。我看着婚纱，幻想着她穿着我买的婚纱举行婚礼的样子，幻想着她对我说"我愿意”的场景，泪流满面。

晚上老大喊我去喝酒。酒肉穿肠过，我跟老大喝得酩酊大醉。老大在大街上扯着破锣嗓子不停地唱《鞋儿破帽儿破》，说你还记不记得我们打赌，后结婚的人要在大街上裸奔？我说记得。老大当即要脱衣服：“今儿个我就奔一个给你瞧瞧。”

我拦住他，说：“我没结婚，你别搞错了。”

“难道是我结婚？”老大愣了一下，扑过来扒我衣服，“丫的，还不赶紧脱！”

老大一边扯我衣服，一边嘴里嘟囔着兄弟对不住了，我会对阳阳好的。其实第一次见到阳阳我就喜欢上了她，不过因为你喜欢，就一直藏在心里面。现在我娶了阳阳，我一定会对她好的，你放心吧。

酒后吐真言。我除了震惊外，就跟被非礼的女人一样大呼小叫：“我不脱！跟陈阳结婚的是别人！你没跟她结婚没跟任何人结婚，凭什么让我脱？”

“哦，搞错了。”老大淡定下来，继续在街上唱《鞋儿破帽儿破》。唱着唱着，又念叨起来，“你还记不记得我们打赌，后结婚的人要在大街上裸奔？”

我不得不跟着重复：“记得。”

…………

一月三十一日，早上醒来，发现自己躺在床上，旁边有个人。恍惚中我误以为这世界真的有时光机，带我回到了与陈阳接吻的早上。我以为老天爷终于满足了我的愿望，就像小说里写的电视里演的那样，时间终于倒流。

我伸手去捉身旁那人的手，捉到以后，幸福地放在胸前，闭着眼幸福微笑。

忽然，我觉得有点不对劲，因为那手有点大有点糙。睁眼发现旁边睡的是老大，我就像捡金子却捡了屎一样，赶紧把手丢掉。除外，还一脚把老大揣在地上。

“我怎么会在你家？”老大醒来后，一脸纳闷。

我也一头雾水：“我怎么知道？”

我明明记得老大说要赖在陈阳家楼下唱《忐忑》，我拉他拉不走，想看陈阳又觉丢人，就丢下老大，一个人躲得远远的，然后就坐在地上睡着了。

“难道是陈阳？”

老大对所有事都不记得了。经过分析，我认为是陈阳从老大嘴里套出了什么，知道我在附近，就打电话给了我爸妈，让他们把我俩接走了。

想到自己又错过了和陈阳接触的机会，我总觉得心里非常胀。

二月一日。新的月份，离陈阳的婚礼越来越近。我越发恐慌，食不下咽，夜不能寐，做什么都没心思。一想到过去，一想到将来，我就忍不住眼酸。上了一天班，也不知道洗了多少次脸，故作轻松地跟别人说了几次眼睛发炎。

下班后，我没有回家。一个人坐在江边一边喝闷酒，一边抽烟吹冷风跟老大聊 QQ。吹了一晚的风，我头疼并发起烧来。

第二天早，我给领导打了个电话，请了一天的假。我回到家，一整天都躺在床上，不吃不喝，不动。因为头痛，精神蔫蔫的，没心思去想陈阳，我反而觉得好受了很多。我没有吃药，也没有去医院，躺在床上醒了睡睡了醒。也不知道反反复复多少次，出了一身的汗后，烧退了。

二月三号，我依旧一整天没吃饭，身体恢复的我一想到陈阳就无比难受。我无比怀念昨日的精神状态，为了让自己心里好受一点，我决定让自己再度烧起来，就索性洗了个冷水澡。我果不其然地再度烧起来，当我晕晕乎乎地重新躺回床上，我觉得什么都不想的自己好幸福。

后来我上了次厕所。当站起来的时候，一阵天旋地转，我晕了过去。

二月四号。醒来，我发现自己躺在医院病床上。我妈坐在一旁打瞌睡，看到我醒了，一脸紧张地向我凑过来，问："乖仔，还有哪里不舒服的吗？还好吗？"

我妈说我烧成了肺炎，害得她好担心。

"妈，我饿了。"两天没吃饭的我只觉得胃里好难受。见我想吃东西了，我妈紧皱的眉头终于放松了："想吃什么？妈给你买。"

我说："随便。"

我妈下楼给我买了双份的豆浆粢饭。吃完了，我觉得还是饿，我妈又下楼给我买了两份。

一整天，我就像不知饥饱一样吃啊吃。吃到最后，竟然吃得吐了起来。我妈都吓坏了，急得要叫医生过来，却被我及时制止。我擦了擦嘴角，说："我没事的。"

喝了点水后，我躺下睡觉，一直睡到五号凌晨两点多。

我再也睡不着了，就又坐起来玩手机。刷陈阳的人人，刷她的豆瓣，刷她的微博。我开着 QQ，拉着老大东拉西扯。

扯着扯着，忽然发现她在初中的同班群里发了自己的结婚照。

照片中的她是那么美，那么温柔。她的未婚夫虽然体型微胖，却也仪表堂堂，凝望着她的眼神温柔又充满了爱意。

我再一次意识到，她就要嫁做人妇了。与我先前想的不同，他们一定会深爱对方一辈子，他们会白头偕老，儿孙满堂，他们会幸福地走完一生，她会是世界上最幸福的女人，他们会是世界上最幸福的一对夫妻。而我，只是世界上诸多不幸的男人之一。

"就用她和他的婚礼，给我和她的 16 年画上一个不完美的句号吧！"我突然这么想。

同班群有人开始叽叽喳喳谈论起陈阳在周六的婚礼，大家也借机又谈起来中学时候的往事，他们说起很久之前打过的一个赌，赌陈阳以后的结婚的对象会是我。一共六个人参与了这个赌局，结果是 6 个人都押我，赌局自然黄了。我听了后，只能无奈苦笑，早知道当初我就跟他们打赌好了，能赢不少。

在同学们你一言我一语的调侃中，我豁然明白，不单是赵倩倩，甚至连我的爸妈、我的同学、朋友还有寝室的三个室友……几乎所有人都看得出来我爱她，所有人也都看得出来她爱我。不，准确地说是，她曾经爱过我。

我期待周六的婚礼早点到。我想去，可是我又害怕，我甚至有过玛丽苏小说里的想法，想去抢婚。从二十四号到今天，我看了很多抢婚的电影，比如《求婚大作战》《新郎不是我》《假结婚》《单身男女》。我觉得如果我抢婚了，可能最接近的结局就是《单身男女》。

我打消了抢婚这个愚蠢可笑的念头。这种事情只可能发生在小说和影视作品中，就算是我真去做了，以她的性格，也不可能跟我走的。况且我去那么一闹，她的丈夫，她的亲朋好友会怎么想她？我已不能给她幸福了，怎么可以再去破坏她的幸福呢？

我跟赵倩倩说我跟她一起去参加陈阳的婚礼，虽然她没有邀请我，我也知道不请自来是会让人讨厌的，但是我只想再看她一眼，一眼就好了。

我会表现得很优雅很绅士，我会给予她最好的祝福，然后再去申请春季或者秋季的研究生，自己去异国他乡，去那个她曾经想要去的学校，去完成她想要的学业，也许我也会遇到一个能陪我走完下半生的人。

晚上，我回到家躺在床上，回忆着我俩多年来的点点滴滴。

记得初中二年级的时候，学校曾经强制学生午睡，规定每天中午不走读的学生都要趴在桌子上睡四十分钟。那时候班级里的座位每半个月都会调整一次，会以同桌为单位左右前后换，有一次我和她都坐在靠窗的座位。

那一天，其他人都睡着了，我和她没有。我们枕着自己的手臂，面对面互相看着对方，温暖和煦的阳光从窗外倾泻而下照映在她的脸上，那么美好，那么纯洁。我多想伸手去摸摸她可爱的脸庞，可是我没有，整整四十分钟我们就这么互相看着对方，谁都没有说话。

我想着想着就睡着了。

梦里我梦到了这个场景，当我再次醒来的时候，已经是凌晨了。我忘了是我先想着这个场景才梦到的，还是因为梦到了这个场景才回忆起当时。梦境和现实模糊了，只有枕巾上的泪水是真实的。

我记得曾经听过这样一段话："长时间喜欢某个人以后会很难忘记，原因并不是这个人本身有多么难忘，而是在喜欢她的漫长过程中自己渐渐就变成了第二个她，举手投足之间都是她的影子，每次看到自己，就更加忘不掉她。"

这句话放到我对陈阳上，再适合不过了。让我难以忘怀的人是陈阳，也许更让我难以忘怀的是我爱了陈阳这么多年这件事。记忆真是一件既能让人幸福又能让人痛苦的事。

婚礼的前两天，我优柔寡断的毛病又复发了。本来已决心把婚纱寄给她，本已决心去出席婚礼，可现在又不坚定了。我怕管不住自己，怕自己会哭会闹，会让她觉得尴尬……

我越来越觉得自己不应该去参加她的婚礼，干脆就彻底一点好了，不打扰才是我最后的温柔。这一天我就在焦虑和烦躁之中度过。

婚礼的前一天，我又失眠了，在凌晨入睡的时候，我又梦到了她。

我梦到她抱了抱我。

我梦到了她牵了别人的手。

我梦到她跟别人走了。

我梦到她说我们从此当陌生人吧。

我在梦里哭了。

醒来后我发现其实自己没有哭。可醒来后发现这是一场梦，这比梦里的她离开还要让我难受。

我多么希望我现在所处的世界都是一场梦，就像盗梦空间里一样，可能在写下这些文字的这个空间不过是我的另外一场梦，更深一层或者更浅一层的梦。可能十年、二十年过去了。我一觉醒来，发现她坐在我旁边认真地听课，然后还瞪着我说你再睡觉小心我告诉老师。

如果能够这样，那该有多好。

Level 30

她的婚礼

那天我梦醒后，是早晨六点多。

陈阳的婚礼八点就开始了，我洗了把脸，看了看镜子里的我，虽然我四点才睡，可是我担心的事情没有发生，我没有眼袋，也没有黑眼圈。刚才感觉梦里经过的一切很长，可是在真实世界只有短短几分钟。

父母在客厅里商量着要包多少红包给陈阳，毕竟认识了这么多年。他们早已把她当成女儿一般看待。

看着那一沓红红的钞票。我想起原来我和她开玩笑的时候说过谁先结婚的话，另一个人就包 9999 元，后结婚的那个，另一个人只包 99 好了。

“怪不得我这几天那么难过，原来是我要给她一万块钱。”我略作自嘲之后揣着钱早早地出了门。我先去接了赵倩倩，两三句寒暄，便没再说任何话。明明是在去参加婚礼的路上，用的却是参加葬礼的心情。

开到陈阳婚礼的饭店门口，我把车停在停车场，远远地看见大厅门口她站在新郎旁边迎接着客人。

她穿着白色的无袖抹胸婚纱加一件小外套，没有戴面纱而是戴了一顶花环。我给她买的那件婚纱最终留在了我自己的衣柜里。

这样的天气，即使在有暖气的大厅里也会很冷吧，如果我是新郎，我一定不会让她穿得那么少。

她瘦了，她更美了，她幸福地冲着每一个到场的人微笑，不知道是因为冷还是因为激动，她的身体有些微微颤抖，新郎体贴入微地抱了抱她。周围的人都在说着祝福的话语，虽然这个场景我已经预想过无数次，做好了充分的心理准备，但是当目睹的那一瞬间，我还是想要逃走。

就在这时，赵倩倩拉了拉我说："我们进去吧。"

还没走到门口，陈阳就看到了我和赵倩倩。她下意识地愣了一下，但是很快就恢复了笑容，招手示意我们过去。

我们走到她和新郎的面前，她向新郎介绍我俩："这个是赵倩倩，我最好的闺密。"然后她的脸转向了我，笑着说，"这个是我最好的同学，我们从小学、中学到大学一直都在一个学校。"

新郎发出"哇哦"的一声感叹，跟着笑了，说："这么巧？一直在一个学校，很有缘分啊！"

我也跟着笑了，我不知道自己是不是笑得很不自然。我点点头说："是啊，很巧，很有缘分吧。"

我和陈阳深深对望了一眼，她微笑着向我点头致意，我也微笑着向她送去真诚的祝福。我走进会堂，回头望着陈阳，她依然在入口处忙着招呼到来的宾客，忙碌又幸福。

进了大厅之后，我四处张望了一下，早早就有十几个高中同学坐在一桌冲我和赵倩倩招手。我走了过去，其中一个老同学拍了拍我的肩膀，一桌子人安静地微笑，没有人说话。还是我先开的腔：“你们说这么高档的酒店等一下有什么好菜啊？要是不好，我这红包可白包了。”

我觉得我真是伪装得太好了。

大概看我一副轻松模样，不像受了伤。有人很自然地接过话：“老同学结婚，就是请你吃烧烤，该包也得包啊。”说完大家一阵哄笑。

气氛这么变得活跃了，一群人叽叽喳喳，开始互相寒暄。

大家问我近况如何，我开始巴拉巴拉夸张得描绘着自己工作里的奇闻逸事，逗得大家哈哈直笑。我们仿佛回到了高中的时候，一桌人不时以“记不记得那个时候”为发语词，开始回忆着过去。老同学见面，无论何时总是能放下包袱，扯着那些貌似无聊但只有我们懂的故事。

我看到陈阳的父母从旁边的休息室里走进了会场，我连忙起身过去问好，她的妈妈亲切地拉着我的手说：“小杰啊，等你结婚的时候，可一定要记得请我们啊。”

我连连点头，笑着说：“好好，一定一定。”

不到八点，宾客就差不多到齐了。大家围着桌子聊着天等待着，有人表现得很开心，有人表现得很激动，有人表现得很羡慕，有人表现得很好奇，每个人的脸上都呈现出不同的表情，但大多都是积极的，可能只有我还有没到场的老大心疼得要死。

过了一会儿，婚礼开始了。伴随着神圣的婚礼进行曲，我看着新郎站在台上，我看着陈阳由她的父亲挽着缓缓向台上走去，我看着周围人投去祝福的目光，我看着她的父母把她的手放在新郎的手中，我看到新郎接过她的手，紧紧地握住，他们看着对方的脸，笑得那么幸福甜蜜。

主持人先问新郎："请问帅气的新郎先生，你是否愿意眼前的这名女子成为你的妻子？与她缔结婚约？无论贫穷还是富裕，疾病还是健康，或任何其他理由，都爱她，照顾她，尊重她，永远对她忠贞不渝直至生命尽头？"

新郎毫不犹豫地回答："我愿意。"

她听后，幸福地笑了。

紧接着主持人开始问她："请问漂亮的新娘小姐，你是否愿意眼前的这名男子成为你的丈夫？与他缔结婚约？无论贫穷还是康健，或任何其他理由，都爱他，照顾他，尊重他，永远对他忠贞不渝直至生命的尽头？"

陈阳的嘴唇不禁颤抖起来，激动地大声说："我愿意。"

她哭了。能看出来，她很爱他。

他吻了她，在众人的祝福之中。所有人都站起来开始为他俩鼓掌，说着祝福的话。我也跟着站了起来。我大概是唯一一个没有笑的人，赵倩倩关切地拍了拍我的肩膀，却一句话也没有说。

新郎新娘在台上开了香槟，两个人手握着手切了蛋糕。新郎时不时都冲新娘看去，微笑，新娘也时不时地扭头看新郎，很有默契地微笑。

两个人似乎不用说话，完全用眼神就可以交流。周围的人都说他一定很爱她，我深表认同。

恍惚中，我觉得她好像看到我的时候，笑了。

经过了一番仪式，她和新郎分别回到休息室换上敬酒服。她像蝴蝶一样在各个桌前流连，向宾客们敬酒，寒暄。整个过程，我的眼睛始终没有从她身上离开。

我的脑海里就像是在放电影。一部关于陈阳的纪录片。

七岁的她歪着头跟我说："从今天起你就是我的同桌了，所以你什么都要听我的。"

九岁的她哭着跟老师说她只要和我同桌。

十三岁，她一边一遍又一遍地写我的名，一边害羞地说她喜欢上了别人。

十四岁，她趴在桌子上，与我对视一中午。

十五岁，她因为不能跟我同校，红了眼睛。我在之后的某个中午偷偷地吻了她的脸颊。

十六岁，她被别人欺辱，我第一次动手打了欺负她的女生。

十七岁，她明明很不情愿让我和赵倩倩在一起，我却没有看出来。

十八岁，她开始不断地谈恋爱，一年谈了六次恋爱。

十九岁，我以为我们大学终于在一起，可以一辈子在一起。结果她却在逃避我，然后我毁掉了我和她的将来。

二十岁，她哭着对我说，要我一辈子对赵倩倩好。她在受伤后睡在我的房间拉着我不让我走，我和她接了吻。

二十一岁，她冷漠地对我说要我们做陌生人，不再来往。她没有送我生日礼物，也没收我给的生日礼物。

二十二岁，她把钥匙藏到包里跟我说没钥匙回不去家，却被我用言语气走。

二十三岁，我们始终没有联系。那年生日，我跟她依旧没送对方礼物。

二十四岁，她要嫁人了，嫁给一个很爱她，她也很爱的男人。

她和新郎端着酒杯走了过来，我也从思绪中走了出来，整桌子的人都站起来说着祝福的话。有人说祝福你们白头到老；有人说祝福你们早生贵子；有人说你们真是郎才女貌；有人说你们是绝世佳偶……

快轮到我了，昨晚我想了很多今天要说的话。我想说不要嫁给这个人好吗？我想说跟我走吧？我想说我会给你幸福的。我想说世界上没有人比我更爱你了。我想说我知道你也爱着我，哪怕只有一点点。

我抬起头看着她，张了张嘴，最终什么也没说出口。

她充满疑惑地看着我，那一刻，我居然笑了，我觉得我笑得很真诚，那种发自内心的笑。我说："祝你幸福。"

她看着我，眯着眼睛，歪着头冲我笑了，好像16年她从来没有改变过一样，好像我跟她一如从前那样。

她跟我碰了一下杯，又看着新郎，再回过头对我说："我，很幸福。你，也会的。"